此生無悔此生

阮兆輝 著

目錄

第三章　浴火重生　禁戲歲月與復戲

第四章　尋根之旅　二黃探源

序言

我記得大約是二〇一五年左右，輝哥告訴我他在研究二黃腔的起源。那時候我一點都不覺得奇怪，在我認識的粵劇界裏，輝哥是少數熱心探求歷史的大老倌。他的探求除了來自七十年演出的經驗，更來自他對粵劇這行業不離不棄的承擔。

表演藝術工作者通常醉心當下，因為我們的藝術存在於表演的一瞬間，每次演出都是獨一無二的創造。和博物館的視覺藝術不同，他們可以展示幾百年，上千年前的繪畫雕塑，但我們前人的精彩演出，今天已經不能再看到。只可以靠劇本、曲譜和不同的文字記錄，去猜想幾百年前的演出是怎樣的。我們常說「戲以人傳」，除了手把手的代代相傳，我們更需要各種資料記錄和歷史。若非如此，怎能進步？

有人以為，歷史是學者的事情，不是藝術家的事情，這是很錯誤的觀念。歷史不是文化的記錄，歷史本身就是文化的一部份。把演出記下來，把心得寫下來，把見聞留下來，把問題提出來，這些都是表演藝術家本分要做的事。這些，也是輝哥在做的事。

粵劇是香港唯一一項世界非物質文化遺產。而粵劇在中國戲曲中，是一個歷史悠久的大劇種。香港在粵劇發展歷史中，扮演了重要的角色。香港粵劇的文化內涵，歷史脈絡，是中國戲曲文化史中，可圈可點的一環。可惜在這個商業社會中，百多年來，粵劇文化價值長期被忽視。連行業內都認為自己只是在每天「搵食」，無興趣知道自己行業走過的路，亦無暇思量前路。很多重要的資料、經驗、文物和記憶，就這樣白白流失了。

這幾年每次見到輝哥，他都告訴我他的新計劃，舊戲重排、教學、出門考察、研討發表、著書立說。所有這些，都圍繞「歷史感」三個字，歷史感不是懷舊，不是學術，而是對事物來龍去脈的執着。搞不清來龍，就看不見去脈。輝哥心知道，文化是長遠的累積，不是即日鮮的快餐娛樂，一個沒歷史感的戲曲行業，是一個沒靈魂的戲曲行業。所以他擔起這個責任，一個一個計劃地進行，馬不停蹄。

和輝哥飲茶聊天時，往往都歸納出一句「盡力而為」。讀完這書，深深感受到，香港幸有輝哥，阮兆輝教授，盡心盡力，為我們的粵劇留下他的經驗、見聞、思考和提問，給我們後輩學習，也為香港粵劇歷史留下精彩一筆。

好一本《此生無悔此生》！

茹國烈

茹國烈簡介

資深藝術行政人員。曾任香港藝術中心總幹事，香港藝術發展局行政總裁，西九文化區表演藝術行政總監。

自序 此生，意何所指？

此生，意何所指？

記得第一次想用「此生無悔此生」做這本書的書名時，很多人都大惑不解？當然後面四字「無悔此生」誰都明白，但開頭的「此生」是指甚麼呢？

其實這只是習慣的用語，如果你從我是戲曲演員出發去想，便馬上找到答案。「此生」的涵意是「我這個生行演員」，「生行」是戲曲裏的行當，如果完全不接觸戲曲的人，是比較難了解的。

我本來想用「此生不枉此生」為名，但「不枉」二字看起來有些自大，更加上「不枉」二字各人標準不一，門檻高低有別，而用「無悔」則十分自我。「有悔」、「無悔」百分百私人感覺，與其他人無關。

至於最尾的「此生」二字，也許有人說你的人生完結了嗎？為甚麼現在就做個似是定論的用詞？但我倒覺得像我這七十幾歲的人，「此生」二字應該可用了罷！正如我們廣東有句諺語：「死就一世，唔死都大半世」，而且人生七十古來稀，更令人感觸唏嘘的是有很多才華橫溢的大師級人物，連五十歲都未到，便懷抱才華走了。我現在還享受工作，多幸福，感恩再感恩之餘，將我的藝術思路、感觸，與大家分享，正是何樂不為呢？

阮兆輝

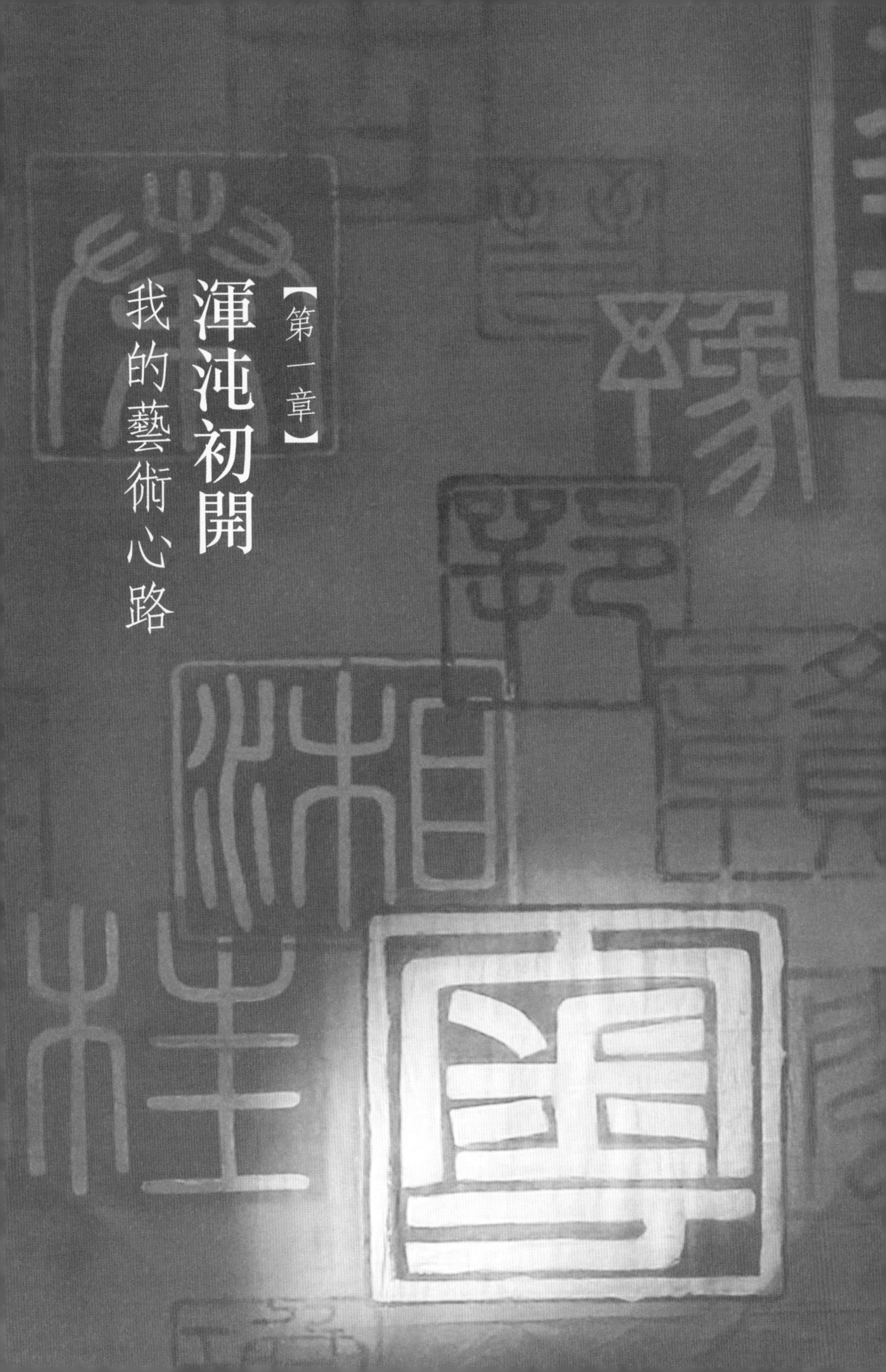

【第一章】

渾沌初開

我的藝術心路

感性

大多數人都明白，當演員的人，要感性多於理性，生就一副悲天憫人的心腸，容易掉淚的人，較合適當演員，因為你看到別人的辛酸，你也隨之落淚，就容易對角色有代入感。如果看甚麼事都漠不關心，抱着與我有甚相干的心態，就較難進入角色。那麼是否理性強於感性的人，就不能當演員呢？那又未必。他們也可從訓練中，找到點子來啟發自己，如何方可進入角色，不過所費的力度較大而已。

說到感性，我想從一首兒歌說起。我童年常唱的，也是那年代十分流行的兒歌《賣花姑娘》，樂譜是美國的民歌（"*Oh My Darling Clementine*"）。先別論為甚麼我們的兒歌，竟用美國民歌的樂譜？首先看看歌詞：「小小姑娘，清早起床，提着花籃上市場，走過大街，穿過小巷，賣花賣花聲聲唱，花兒真美，花兒真香，沒有人買怎麼辦，空空兩手，滿滿花籃，回家如何見爹娘。」我童年時唱，一點感覺也沒有，只是人唱我唱。十幾二十歲時唱，已覺得有點同情感覺，起初也沒多大的感觸。到了年紀越來越大，感觸越來越多，越來越覺得辛酸。近年有機會聽兒童合唱，我也禁不住落淚，所以我不敢自己再唱。或許你以為我誇大其詞，其實絕非誇大，以我這幾十歲的江湖賣藝人，還會聽兒歌落淚，不是開玩笑嗎？不是開玩笑，是百分百真實，因為這首歌的確值得細味！

單看樂譜已有恥辱感，流行歌曲用外國調譜，不足為奇，也有像除夕唱《友誼萬歲》，或是國際性的《生日歌》，也沒甚麼大不了，但兒歌是培育新一代中國孩子的，常唱甚至習慣唱外國調譜，對孩子的民族感是否有問題？這充份顯出那年代的無自信及崇外，已經令人傷感。再看歌詞「小小姑娘，清早起床」，當然它沒說明這「小小」是細小到哪個年齡，但兩個「小」字，就不是小姑娘那麼簡單！「小小」就是很小的意思；第二句「清早」就是天剛亮的時間，就要起床，表示了這小小姑娘十分勤奮，提着花籃上市場。哦！不是上學！但這歌是小學生唱的呀！「提着花籃上市場」是去幹活，況且市場不會在你門口，加個「上」字，就表示要走一段路的了。跟着「走過大街，穿過小巷」，更着意描述她東奔西跑，「賣花賣花聲聲唱」是落力的叫賣。「花兒真美，花兒真香」，叫賣中拚命宣傳這花怎樣好看，怎樣散發芬芳香味，到頭來「沒有人買怎麼辦」，這句來個跌下谷底的感覺，結尾是「空空兩手，滿滿花籃，回家如何見爹娘」。大家想想，這小小的姑娘，一大清早爬起來，就提着花籃到墟場叫賣，東奔西跑，拚命的叫喊，想求過路人買一枝花，但失敗了。在回家路上，她看着滿滿的花籃，做不到買賣，心裏還恐爹娘怪責，這句「回家如何見爹娘」，包涵着這小小姑娘的孝順天性。這麼細小就要為家計謀生而付出，賣不到花反而怪責自己，心存內疚，也包涵了當時我國窮等人家的苦況。哪個父母不疼孩子，一大清早看着這乖乖的女孩，提着花籃上街叫賣，有多悲慘，有多捨不得，再從而更包涵着顯示我國的積弱。

明朝以來，中國就沒真的強大過，尤其明末及清末。民國出現這首兒歌，是反映了當時人民的生活有多苦多難。這小小姑娘一點都沒有覺得自己失學，要跑街叫賣是苦難，因為她愛父母，要幫父母，所以賣不到花反而是內疚，覺得對不起父母。我不知填詞者是誰，也不知他有意或無意，但對我們這一代，真的觸動到靈魂深處，十二萬分至誠向他致敬。希望這首兒歌不單啟發我，更能啟發每一代的中國兒童對家庭、民族的責任感。

電影

誰都知我七、八歲間便拍電影，當然那時候知道甚麼叫演技嗎？知甚麼叫藝術嗎？那時只知道一定要聽導演的話，否則便沒人請你拍戲，所以只做到聽教聽話，其他的根本不懂。到慢慢長大了一些，開始感覺前輩們的好處，跟好演員做對手，會完全被他帶你進入戲裏，自然你自己也好起來。如果對手是平庸之輩，你也會覺得貌合神離，十分不是味道。有時拍攝時非常用心演，但試影時，卻看不到自己的表情有甚麼好處，初時百思不得其解，後來才明白，導演的鏡頭調度，焦點所在，可把觀眾感覺改變的。

起初我接觸的全是當時華南電影界頂尖的導演，還不會有甚麼感覺，到後來越拍越多，便甚麼導演都合作過，有的真令你啼笑皆非，最慘是你拍的時候不知道，要是當時知道還來得及改善，但到了試片的時候，你才知道，可謂木已成舟，還能怎麼樣？於是我明白演員的命是操在導演的手上，他不是故意害你，但因他的水平不高，於是會因鏡位、剪接等等的結合，令你白費心機，自己也看不順眼，所以有一個時期，我曾立志做導演。

記得我很崇拜的楊工良叔叔，對我說過：「你跟我學導演，我包你十八歲前便能成為導演。」當時我

▲ 楊工良導演（照片提供：阮紫瑩）

非常興奮，但可惜我那時忙於做演員，沒好好的跟他學，沒幾年，這位才華橫溢的「鬼才導演」便因病離世，這也是緣份！但我仍很注意導演的發揮，有幸與甚多導演合作過，包括了國語片的導演。他們怎樣處理場面、感情、對白，我都很留心，也常常看外國電影。我不懂英文，但有中文字幕，埋頭埋腦了一段日子，當然正常生活上還是練功學唱，但稍空下來，便看電影，還會對同一部電影，重看又重看，不論是香港、台灣、日本、美國、意大利、法國、德國、英國、印度的電影都看，還去研究他們的導演手法。

不過欣賞歸欣賞，研究歸研究，我仍死心於戲曲舞台。到後來回想，那段日子裏，學的電影手法是白費了嗎？其實不是，我們從藝者，不管你從哪一個藝術界別吸收回來的藝術成份，都不會白費，因為那些成份，會啟發你的思路。我搞戲曲從不用新手法，行內人都將我劃為保守派，但我有些從其他藝術界別得回來的靈感，也偶然用得上。如果你問我，這靈感來自哪裏？我未必說得出，但數十年留心吸收回來的東西，卻永遠在自己的倉庫裏。

當我處理《大鬧廣昌隆》的頭場，女主角廖小喬的鬼魂，向劉君獻訴說當年時，我用了替身演員，與廖小喬穿一樣的服裝，在佈景、燈光的配合，那女主角早進了後台換妝，但她仍一路地唱，沒有間斷，跟着不久，廖小喬與另一男主角趙懷安，從虎渡門一同走到

▲ 我用了外國電影的手法來處理《大鬧廣昌隆》

前台。頭一次演出，引起極大反應，這廖小喬明明還在場上唱，怎麼一個小過門，便可換了妝，從那面走出來呢？其實這靈感是來自兩套鼎鼎大名的外國電影，其一是羅拔淮士（Robert Wise）導演的《夢斷城西》（*West Side Story*, 1961），男主角在舞會中遇上女主角，一見鍾情，之後步出現場，前面男主角仍一路走一路唱，但後面佈景卻換了另一場景。第二套電影，是「緊張大師」希治閣（Alfred Hitchcock）執導的《奪命索》（*Rope*, 1948）。他號稱全片只有十個鏡頭，其實他從鏡頭移動，經過柱位，又或演員過鏡，以身擋住鏡頭等等掩眼法，使觀眾深信他的講法。我就是將兩者融合一起，將這種手法再施巧計，搬了上戲曲舞台。

差利卓別靈

身為演員的人，無時無刻都要留意所有人的舉動，尤其是你看到的表演藝術，不論是哪一種的，多看他人的表演，總是有得益的。我記得波叔（梁醒波先生）就是經常看外國電影，當時的外國諧星如神經六（Harold Lloyd）、三傻（The Three Stooges）、羅路（Stan Laurel）、哈地（Oliver Hardy）、卜合（Bob Hope）、謝利路易（Jerry Lewis），當然還有差利卓別靈（Charles Chaplin），都是他學習的對象。他有時在不知不覺中，會將上述等人的表情動作，搬上戲曲舞台。但我見他卻絕不洋化，百分百是戲曲，所以如何偷師、融化，用上自己的程式演出來，便十分自然，不着痕跡，這是上乘的造詣，不是每個人都能做到的，因為自己的藝術修養不夠，而借用他人的東西，隨時會畫虎不成反類犬，這點大家必須注意。

說到外國諧星，很多人都知差利卓別靈真可稱王，不只稱王，簡直就是神。試想想，他的作品全是自編、自導、自演、自己編曲配樂，除了多才多藝之外，更是有偉大的思想。他對社會的批判，可謂一針見血，以當時二次世界大戰，德國席捲歐洲，他卻敢在《大獨裁者》（*The Great Dictator*, 1940）裏，斷定希特拉要失敗。記得那場戲，是他玩弄一個氣球造成的地球儀，手拋腳踢，十分意氣風發，正當最得意之時，那氣球爆了，這一下子，他不單批評希特拉，其實也間接給世人一個警示，不要有風駛盡帆，你過份玩弄它，最後你便會失去它。

差利對將來的預測十分準確，他只是猜錯了希特拉與墨索里尼失敗的先後而已。他在《摩登時代》（*Modern Times*, 1936）直接指出機器食人，科技發達了，每一樣的生產，都不需要人手。每一樣都有機器能代替，有人想過工人會失業嗎？最後連計數都是用機器了。當然他不是要阻着科學發明，但他一直提醒世人，要安排人的出路，而且他覺得有了機器，人就越來越懶，越來越依賴機器，於是他就來個吃餐的機器，連吃都不用動手，但機器也會壞的，那些笑話看了之後，會令你反思，更會令你反省！

他從早期的《差利與小孩》（*The Kid*, 1921）等等的作品中，就顯出了他的赤子之心，顯示童真，反映當時美國的時弊。他同情弱小，他總站在失敗的人群裏面，被人欺負，總會見到他滿面無奈，卻又自我嘲笑，自我復原。他在對社會用嘻笑怒罵的方式，針對社會問題之後，他總會平心靜氣的接受現實，這類電影等同身教。他對人性的描畫十分精準，好像他誤進獅子籠裏，開頭十分驚怕，後來看見那獅子根本不理他，他就漸漸不怕了。不單不怕，更去撩那獅子，結果獅子發惡，追着他來咬，嚇得半死。很多人就是喜歡撩是鬥非，這也是人性的一部份。

他在《舞台春秋》（*Limelight*, 1952）裏細説娛樂圈的起伏盛衰，老藝人的心態，得運如何？失運如何？《大獨裁者》裏的世界觀，每每借小事，去反映大事。飛機倒轉了，你看的一切也倒轉了，但你到底知不知道，飛機倒轉了呢？你看世界倒轉了，卻不反省是自己倒轉了，這是多現實的教育。又例如越怕那炮彈，那炮彈就偏偏向着你轉，還追着你，這是世事的縮影。他在戲裏，不時表現出善良，悲天憫人，但為甚麼又拍《華度先生》（*Monsieur Verdoux*, 1947）呢？那齣電影，他演一個拆白黨，專用甜言蜜語，欺騙女人，花光了她的錢，便殺了她。當然戲中他是因十分窮困，才做這事，但畢竟也是傷天害理，原來他借此反戰，戲中的他給捕獲了，他在法庭自辯：「我為生活殺了幾個女人，我就是狂魔，殺人兇手，世界上的國家元首，一句説話足令數以萬計的人，在戰爭中喪命，而他們卻是英雄。」可惜他身在美國，所針對的事，全是在當時發生的，而且很多事，美國更是發起人，而他又處處同情弱小，於是美國便以他支持共產黨為理由，逐他離境。他晚年在歐洲度過，他本來從未得過美國的奧斯卡金像獎，好像連被提名都未試過，結果到了他要坐輪椅代步的時候，美國演藝學院才以十二萬分的隆重，請他回去領取奧斯卡的終身成就金像獎。

他是電影界的神，金像獎歷史的名單沒有他的名字，是美國的恥辱。他的表演除了左手拉小提琴，能演花式滾軸溜冰的技巧之外，最傑出的就是沒預感，尤其做「跌」的動作，他也是絕無預感。這是表演技巧的巔峰，加上他思想上的大慈悲、大憐憫，所以這位「神」給了我不少信息，不少動力，啟發了我的智慧，指引了我的道路，他是我在非戲曲界中，最崇拜的神。

讀書

近年我常恃老賣老，對年輕人說：「想當演員，練功練功再練功，學戲學戲再學戲，讀書讀書再讀書。」這其實真是我肺腑之言，不論做哪一行業，都要有知識，尤其是我們演的戲，所演的大多數是古代故事，就算不是根據歷史，但幾乎總沾上一點朝代或事件，例如《雷鳴金鼓戰笳聲》根本不是歷史故事，但它編成似是歷史故事，來個秦莊王、趙宮主，會令人的想像移到戰國時代，七雄割據，秦國勢大，欺壓趙邦。雖然該劇不是歷史史實，但有了些國名、君號，你就當是那年代的故事。

你心內如果一點歷史排序都沒有印象，遇上真正的歷史故事，你難以演得好，當然你可以演得到，但不是好。誰都知讀歷史是要花很多時間，我們又哪裏來那麼多時間呢？有個較簡易的方法，首先背熟排序：三皇五帝、唐虞夏商周、春秋、戰國、秦、楚漢爭、漢、新莽、東漢、三國、魏晉、六朝、宋齊梁陳，當中五胡亂晉，不用記所有國名，單記先後次序，隋唐、五代梁唐晉漢周、又稱五代十國，十國的國名也不用清楚記憶，然後宋分北宋、南宋，金、元、明、清、民國。我們不是歷史學家，但每要演歷史戲的時候，總不能一片空白，一無所知。接到劇本後，再不明白，才請朋友、前輩、學者、老師幫忙，卻不能一知半解便胡來，尤其是學編劇的朋友們，你查證了之後，可以不用，或基於事件太多，或基於線路太繁，或基於故事太長，找到的東西也得犧牲，但不能不知。

我自小便出道拍電影，日以繼夜，更要練功學唱，哪有時間讀書？猶幸中童時期較少演出，因為不大不細，不高不矮，跟着父親在家讀了三幾年書。他明知我太晚了，於是憑他的學識及經驗，選了一些對我有益、有用的書給我讀。如果像他們求學的方式去讀，則絕不可能有那麼多時間，因為我是演戲曲的人，於是必須認識歷史。除了剛才所說的順序之外，還將一些過程聚焦式講解，有如說故事一般。另外就從《四書》開始教，不要誤會，不是全部，起碼你要知《四書》是《大學》、《中庸》、《論語》、《孟子》。《五經》呢？《詩經》、《書經》、《禮記》、《易經》、《春秋》。我只讀了些《四書》，至於《五經》，讀過一點點《春秋》，那本《易經》，我看了一陣子，一點也不明，但學會那八個卦象的名稱：乾、坎、艮、震、巽、離、坤、兑。又學了甚麼是天干：甲、乙、丙、丁、戊、己、庚、辛、壬、癸；地支是子、丑、寅、卯、辰、巳、午、未、申、酉、戌、亥。其實這些都是舊東西，對你來說可能無甚大用，但你也應該知道的。十個天干對十二個地支，乘起來就是六十年，中國曆法六十年就是一個循環。

知道了這一些皮毛之外，真要細讀的是詩詞，唐詩、宋詞，以至元曲，他教了我十幾廿首，餘下任我喜歡讀哪首，便讀哪首，不明的話才問他。他更精挑細選了幾篇文章，像《李陵答蘇武書》、《祭石曼卿文》、《歸去來辭》、《阿房宮賦》等等。這幾篇文章，他是要我仔細的讀，他更一句一句的解，常讀這類文章及詩詞，自然對聲韻的處理較為順暢。

再者，要我讀《西廂記》，因為《西廂記》本身就是曲，還有最重要的，要讀金聖嘆批的六大才子必讀書：《三國演義》、《西遊記》、《水滸傳》、《聊齋誌異》、《西廂記》、《紅樓夢》。金聖嘆言道：「未讀過這六套書，沒資格稱才子。」我有幸很早期常寄寓舅父家中，他藏有一套線裝繡像全圖的《三國演義》，分上、下兩函，每函十本，一共二十本，但那套書畢竟是我舅父的，不敢取走，於是後來便自己買齊了那六大才子必讀書來讀。《三國演義》是文言文，現在年輕人較難明，但也可讀白話文版本的；《聊齋》文筆直逼《春秋》，簡潔易明；《紅樓夢》更加語體，描述生動，對演戲十分有用。六套書各有深意，我只鼓勵大家當小說看看，記着凡是中國舊小說，頭三四回總是蒙頭蓋面，不知它說甚麼的。你得要有耐性，捱過那幾回，便會漸入佳境的了。我是教你們偷雞的讀書法，本來這是不正規的，但為適應時代，節省時間，最好的方法，莫過於此矣！

記性

不少行外的朋友，不只一次地讚美我們的記性，其實不是人人都有記性的。就舉我為例，我被人譽為「霹靂無敵大頭蝦」，一直以來，都記性甚差，近來年紀大了，則更甚。也許沒有人相信，我有時剛吃完一頓飯，出了飯店門口，你問我剛才吃了些甚麼？我可以想了很久才想起來的。為甚麼又會記得劇本呢？大概是訓練、經驗，加上專注，才能如此。

我曾對人說：「你們讚我好記性，就等如對着一位資深的電機工程人員說，你真本事，做了三十年電機工程，還未給電死。」唉！記曲是我的本份啊！記得初入行時，十分緊張，必須讀得滾瓜爛熟，才敢放下曲本，這是強記。當時演神功戲，要到了當地，開了箱，才可將曲本拿出來派發，而不是事前將曲本派給你的，這種是當時的習慣，誰也不會因為你未演過那齣戲，而提早發曲本給你。還有就是接了過年的戲，頭七天七夜，幾乎沒停的，日戲演完便演夜戲，最少都七個晚上，五個白天，那是一口氣看十二個劇本。如果都是你未演過的戲，那可連睡都沒得好睡，所以我初時習慣了明天演的戲，今晚非熟讀到一字不漏才肯睡。有時演遊樂場，如荔園、啟德之流，一演便是一個月，起碼三十四齣戲，每天不停，這樣經年累月應付，持續演出的經驗，久而久之，便習以為常，養成了處變不驚的態度。更加上去馬來西亞走埠的演出，日戲演古老戲、提綱戲，很多時沒有固定曲白的，此所謂「爆肚戲」，最初當然提心吊膽，前一夜連睡都睡不着，但你能晚晚不睡嗎？捱不住還不是睡了！到扎醒的時候，又馬上埋頭苦讀，等如面對不斷的考試，而且這種考試是沒有成績表派發的，沒有留級，沒有重考。當中有甚麼過錯，你還未來得及檢討，下一齣戲又響鑼了。不過也不用太擔心，前輩有一句常用來安慰新人的，最受用的說話就是：「唔使怕，做錯無差人拉你去坐監嘅！」那又是真話。但自己總想一絲不苟，一字不漏，所以我到現在仍是在台上出了毛病，便徹夜耿耿於懷的。

經過了十年八載，如此這般的磨煉，不單是膽子大了，最實際的是腹內的儲存多了，而且你讀到好的劇本，一定會入心入肺，不會輕易忘記的，漸漸你便體會到編劇家也是人，每個人都有些慣用的詞語，慣用的曲式，慢慢你就覺得沒那麼難入腦，而且我除了演戲外，也喜歡讀書，喜歡研究聲韻，記戲曲劇本相信比記話劇劇本容易，因為我們每句詞分四聲，平上去入，分句頓，也有曲式規格，不過現代教育大概沒教聲韻這東西了。當然我這失學兒童，所知的聲韻知識，一定不是從學校裏學回來的，而是跟從前輩學戲時學回來的，我指的是學演戲，不是練功。那時的師傅未必仔細的講解何謂平上去入四聲，那時還沒有人去說「九聲」這名詞，但他們會嚴令指出那句不對，這應該怎樣唱，怎樣唸，才不錯平仄，不出韻。我們因為板腔體必分上下句，上句仄聲結束，下句平聲結束，絕不容稍有差錯的，所以學戲練唱時，就早把四聲及分韻的觀念打好基礎。只要你記着這一場是甚麼韻腳，那一場又是甚麼韻腳，更記着曲式、平仄，再記詞中意思，還有記「介口」，即是你接誰？誰接你？我們稱之為「介口」，其實是「蓋口」，任何器皿蓋不好，不就漏了嗎？所以絕不能讓這戲漏了，要嚴謹連接。

每一個劇本，開頭一定要從頭到尾看一遍，要明白整套劇情，萬一你忘記一言半語，也可按照劇情發展而補救，演員累積了一些經驗之後，腦子裏怎樣也有一些常用語在裏面存着，例如落霞對孤鶩，秋水對長天，櫻桃樊素口，楊柳小蠻腰。呼女性為玉人、蛾眉、紅粉、紅妝、紅裙；寶劍可稱為青鋒、龍泉之類。當然你平日多讀詩詞歌賦，固然最好，但如果你讀曲用心如讀書，也可應付得來的。我天賦沒記性，唯有咬着牙關，勤力苦練了！

學到用時方恨少

學到用時方恨少，相信很多人會有這感覺，派上用場時，才悔恨當初學的時候，為甚麼不學多一點？不過悔恨也無補於事。讀書是要明理，既然追悔，就應該「悟已往之不諫，知來者之可追，實迷途其未遠，覺今是而昨非。」古人文章發人深省，不是讀完便算，以上是陶淵明《歸去來辭》的警句，明白了就要身體力行。年紀大了，固然那「追」字會視為畏途，但不傷體力的，也應追，我求學晚了，父親便將文中警句勾出，他也不詳解，要我自己領悟。朋友交情如能像《答蘇武書》裏的「人之相知貴相知心」，明乎此，則明朋友之道。本來很多華麗文章，但父親卻向我指出像《滕王閣序》裏的「落霞與孤鶩齊飛，秋水共長天一色」之類的文句，看看不妨，學則不必，因為言中無物，只是堆砌。《阿房宮賦》則大有分別，該賦中雖也有描寫繁華景象，金碧輝煌，驕奢淫逸的偶句，但形容了一大堆風光之處，到頭來「戍卒叫，函谷舉，楚人一炬，可憐焦土！」來回應開篇的「六王畢，四海一，蜀山兀，阿房出。」秦國由盛至衰，畫出輪廓，結尾表示秦人若非輕視六國之民，若非窮奢極侈，就不會那麼早滅亡。結尾給我們提出極佳的警示，就是「秦人不暇自哀，而後人哀之；後人哀之而不鑑之，亦使後人而復哀後人也。」意思指秦人的「不暇」不是沒空，而是來不及，來不及反思便亡國了，更指出歷史是鑑，鑑就是鏡的意思。如果讀了歷史，不引以為鑑，去審視自己有沒有犯同樣的錯誤，你仍會步其後塵，一樣的失敗。這類文章會令你一輩子也忘不了，也時刻自省，千萬不要只會批評別人，忘了批評自己，好像我們有句諺語「只占行人卦，不占自身卦」。古人說：「靜坐常思己過，閒談莫說人非。」靜坐常思己過，老實說我有思己過，但未能辦到莫說人非，我也有說人非，但絕非破壞性，也更不是搬弄是非。

歐陽修在《五代史伶官傳序》裏，借先賢之語「滿招損，謙受益，憂勞可以興國，逸豫可以亡身。」來描寫後唐之亡國。等於我們常演的唐明皇馬嵬坡的故事，千古以來數一數二的英明君主，晚年稍一放縱自己，便幾乎亡國，能不慎哉？還有他在《祭石曼卿文》裏，以「生而為英，死而為靈」去形容石曼卿，更意識他埋藏於地下會「生長松之千尺，產靈芝而九莖。」而結果呢？「奈何荒煙野蔓，荊棘縱橫；風淒露下，走磷飛螢。」（《祭石曼卿文》）道破了千古帝皇將相，道德先賢，死後都是一樣，留下來的是「後世之名」，所以人的生前為理想堅持是對的，卻勿指望死後如何，這種做人的道理，學了便會演戲嗎？

對！其實戲是人生，由戲亦可帶出人生真理。如果演的人都不懂，又如何會演得好呢？

讀文章明道理，讀詩詞，則欣賞其理之餘，還要欣賞聲韻、意境。詩、詞、曲俱重意境，甚麼是意境？唉！説來虛無縹渺，你讀之好像是寫景，但景中給你的感覺是甚麼？往往是在景物的形容，融入了環境，從而產生了情，例如柳永的「念去去，千里煙波，暮靄沉沉楚天闊。多情自古傷離別，更那堪冷落清秋節。今宵酒醒何處？楊柳岸曉風殘月。」（柳永《雨霖鈴》），你閉上眼睛，形容着那景物，不期然便會體會到別離後的孤寂，換句話就是離愁。演分別的戲，有了這些詞句在心中，你就有感覺。如果送別呢？看看《西廂記》又如何？「四圍山色中，一鞭殘照裏。」你彷彿見到那環境，你便自然進入了，所以很多詩、詞、曲的句，是給我輩藝人很好的指引。又如我們常用的詩句「勸君更盡一杯酒，西出陽關無故人」（王維《渭城曲》），會令你帶出不捨分離，更有前路茫茫的感覺。「西風殘照，漢家陵闕」（李白《憶秦娥》），「漸霜風淒緊，關河冷落，殘照當樓。」（柳永《八聲甘州》）殘照着「漢家陵闕」，會給你蒼涼肅穆的感覺，「關河冷落，殘照當樓」，因為有「霜風淒緊」，便感覺到悲涼。不是那句好，那句不佳，而是不同意境。又如「杏花疏影裏，吹笛到天明。」（陳與義的《臨江仙．夜登小閣憶洛中舊遊》）清幽之境界，好像出現在眼前。演員要有很多假設，更要投入假設，除了研究角色人物外，加上這些詞句的意境，便會帶動你的感情，從而演得更好，不信便讀多些。

群賢畢集

我常說我是個幸運的人，我出道的時候，仍可趕得上上一輩，造詣不凡，獨當一面的前輩，而且大部份我還與他們配過戲，更加上不時有其他劇種的表演藝術家來港表演，就算我無緣一睹風采的，也可從電影及錄影裏欣賞到。當然我不是個記錄儀，不能將他們的藝術一一解說，再者有很多是我年紀較小時看到的，那時也不太懂欣賞，但我本身是學戲的，而且真是個戲迷，所以就算不太懂，卻也不至於全不懂。

先說其他劇種，馬連良先生的身段十分瀟灑，手眼身步配合得十分美觀，下場的時候，衣服的後幅如鐘擺一樣，按着鑼鼓點子蕩着。在《群英會》的電影裏，臨完場時，他與

▲ 馬連良於《趙氏孤兒》飾演程嬰

馬連良

京劇表演藝術家，老生演員，現年六十三歲。自一九〇九年入喜連成科班學藝，一九一〇年開始舞台生活，至今已有五十三年，創立了獨具一格的馬派表演藝術。曾獲得第一屆全國戲曲觀摩演出大會演員一等獎。一九五八年被聘爲中國人民政治協商會議北京市委員會委員。現任北京京劇團團長，北京市戲曲學校校長，中國戲劇家協會藝術委員會委員、福利委員會副主任，北京市文學藝術界聯合會常務理事，中國戲劇家協會北京市分會籌備委員會副主席。

張君秋

京劇表演藝術家，青衣演員，現年四十二歲。幼隨已故京劇演員李凌楓先生學藝，後經已故著名京劇表演藝術家王瑤卿先生指導，曾拜已故著名京劇表演藝術家梅蘭芳先生爲師，從事演員三十四年。曾獲全國第一屆戲曲觀摩演出大會演員一等獎，北京市第一屆戲曲觀摩演出大會演員一等獎。一九五八年被聘爲中國人民政治協商會議北京市委員會委員。現任北京京劇團副團長，北京市文學藝術界聯合會理事。中國戲劇家協會理事。

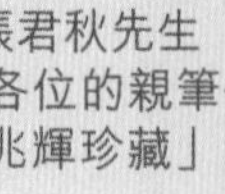

▲ 京劇一代宗師馬連良先生及張君秋先生（相片來自北京京劇團 1963 年來港演出時的特刊，除了有各位的親筆簽名外，還有篆刻名家茅大庸先生親刻「梨園子弟」、「兆輝珍藏」印章，我蓋於特刊之上，以茲留念。）

譚富英先生，兩師兄弟一同下場，兩人的身段，雖然只有幾步，但也足夠後學們追模一輩子。馬先生在《四進士》裏的宋仕杰，那老油條的感覺，與周信芳先生演的，截然不同。同一齣戲，曲白也大致相同，二人卻各自發揮自己的模式，「南麒北馬」各顯神通。可惜馬先生的《四進士》沒有錄影或電影，我只在舞台上看過一次，而周先生的《四進士》，我就從電影中欣賞。周先生的較火爆，一個愛打不平的性格表露無遺。我演《四進士》是按周先生的演法，因為他的表演方式，較接近廣東戲。

在京戲《群英會．借東風》的電影裏，還保存了一位神級的老先生的半個起霸，他就是楊派真傳孫毓堃先生。他演趙雲，相信拍電影的時候，年紀很大了，說句刻薄點，老得牙都掉了，但他一上場的神氣，就是趙雲。我沒見過趙雲，怎知他似趙雲呢？這就是戲曲的奧妙之處。演員與觀眾，其實都沒見過趙雲，大家都是從個人的學養，塑造趙雲出來。從看到聽到趙雲的故事，對他的描述，再拼起來便是。如果演員跟觀眾模擬出來的相近，於是那演員就被承認了。我常叫人買那電影一看，多少名家都在裏頭，可謂學之不盡。

俞振飛先生是我的超級偶像，可惜我不是崑劇演員，他在未回國時，在香港偶有星期六的日間演出。那時香港京劇並不盛行，聞說他們的環境也不理想，最後還是回上海去了。

那期間，他演小生，本來是「冠生」、「巾生」，結果連《轅門射戟》都演了，十分賣力。可惜我那時年齡太小，不懂得欣賞，後來他在一九六〇年，領導上海京崑劇團來港演出，足演了一個月。我記得我是坐二樓前座的，第一，因為我買不起大堂前座的票；第二，那時香港的左右兩派，分得十分清楚，我因拍了不少電影，那時粵語片要賣外埠的，美洲、星馬等地都反共。香港有個自由總會，如果覺得你親左的話，就會將你的名字列入黑名單，賣不出去，所以那一台的演出，右派人士都坐在二樓，連自由總會的童月娟、黃也白等主事人，也天天捧場。唉！藝術嚒，管那些幹嗎！

俞大師是領導人身份，演期的開頭，他與夫人言慧珠女士是沒有上場，但那時的青年演員，也令一眾顧曲周郎眼前一亮。蔡正仁、劉異龍、王芝泉等位，現在是新一代的大師級人馬。到了演期的後段，俞老登場，演《百花贈劍》、《太白醉寫》、《奇雙會》。《百花贈劍》的身段，的英姿，一點小生常見的娘娘腔也沒有，百分百的大丈夫；到了《太白醉寫》，那文人的傲氣，全不把高力士放在眼內，寫《清平調》時的神態，一看就知是位書家。看到這些，才知何謂「源於生活，高於生活」。對髯口的處理，更是一絲不苟；說到醉態，可稱一絕，光看上場的步，並不硬食拍子，而是每一步都在牌子曲裏，好像並不刻意吻合，卻又一步不差，簡直神化之極。有醉態卻不亂，配合着官衣的動盪，融和在旋律之中，其優美之處，真是只能意會，不可言傳。這個太白沒真醉，而觀眾醉了，近乎迷了。再來一齣《奇雙會》，簡直將小夫妻的甜蜜、關懷，演得淋漓盡致，但是苦學博取功名的趙寵，卻又船頭驚鬼，船尾驚賊，辛苦考來的縣令，卻因岳丈的冤案，令他左右為難。拿捏得非常準確，多一分不行，少一分不可，當然我演《販馬記》絕對望塵莫及，但我一直以來，就是按着大師的感覺去演，俞老真神人也！

► 與尹飛燕演出《販馬記》劇照

戲曲電影

因戲曲紀錄片這名稱，曾與我們的資料專家慕雲叔（余慕雲先生）爭論，當然是善意的爭論。我堅持三面佈景、戲曲身段、鑼鼓、音樂都是戲曲的，令觀眾有如坐在戲院裏看戲曲的，才算戲曲紀錄片。很奇怪，香港總是做得到的，卻不去做。那時多少名演員，甚至導演，也有一些真的粵劇界的前輩在，但非得要拍到不像舞台演出不可。既然因為某劇在舞台上受歡迎，才會將它搬上銀幕，又為甚麼偏偏將那程式改變呢？

先論佈景，搭了一所真實的佈景，例如金殿，演員上殿，跑老遠才到，那演員能邁着台步走上殿嗎？於是平常一般的走進來，說到出將入相更不用說了。總之，一段戲好像是戲曲，但轉頭來又回復了電影感覺，十分現實。我再舉一例，關德興前輩演關公，一輪鑼鼓，梁少松演馬童，一排極之亮麗的筋斗，之後一個四擊鑼鼓，那關公卻是騎着真馬上場。唉！真是啼笑皆非！為甚麼我們不能真有一齣戲曲紀錄片呢？好像我們粵劇經典戲《帝女花》、《紫釵記》，在電影裏就變了電影。甚至花費不菲的《李後主》，也是電影；明明女姐（紅線女女士）想將她的舞台藝術留下來的《李香君》，也是電影。反而五、六十年代的九個折子戲《月是故鄉明》裏的《拉郎配》及以《佳偶天成》與《彩蝶雙飛》為名的兩套電影，包涵了《鳳儀亭》、《打麵缸》、《二堂放子》、《拾玉鐲》、《水淹七軍》、《搶傘》、《打神》、《彩蝶雙飛》等，那時還循着戲曲紀錄片的路子走，越有名的導演，越有自己的一套，就越遠離戲曲。有人曾跟我說：「香港有過一套真正戲曲紀錄片！」但他也說不出片名。

近年我曾為香港電影資料館，選輯電影中粵劇名演員表演的功架，職員們足足找了一百套電影，只要我們覺得那電影可能內藏功架，便翻箱倒篋的搜出來。幸喜真的還有很多值得保留的東西，但又發覺無端端某名演員不擅甩髮的，卻找了個替身來耍甩髮，真的失真之極，簡直在侮辱那位前輩，所以在剪輯時，非常困難，到底我們應對觀眾實說這是替身，還是甘作幫兇呢？最後我們還是決定說真話。不管怎樣，我們原意是將前輩的藝術保留，絕對不應造假，尤其是以電影資料館的名義推出，說明是資料，假的也算是資料，豈非害死後學。

從電影中找尋功架，還有一個大問題，電影往往由於佈景的安排，令到上場的位置，不依正道，連背着鏡頭，也可上場。唉！我的天啊！留下這些影像，如果有後學有樣學樣，那時怎辦？唯有事前解說一番，因我們戲行首重尊師重道，我們不能批評前輩之非，只能向後學提示，前輩們因為電影佈景、鏡位、電影手法的種種原因，導致不合戲曲規格。當然我也是拍電影的，哪有不明其所以呢？前輩演員們，當然也知道，大戲與電影是不同的，所以片場裏，聽導演的，他們是適應。做人是應該適應，但行業藝術與適應現實，怎樣平衡輕重呢？

我首先是拍電影的，然後做大戲，之後電台、電視、歌唱，甚至餐廳唱流行曲，是我去適應另一行業，而不是以自己的行業適應環境。好像我去澳洲悉尼唱夜總會，要唱《帝女花之香夭》，我也一樣妝上粵劇裝扮，與拍檔班班兩人照大戲做法，雖然不是粵劇場合，但我仍然一樣的唱做，沒有大舞台，沒有粵劇音樂，沒有宮女，但一樣按照粵劇的演出。在不同的地方，在不同的環境，照演粵劇是要適應。演歸演，我卻絕不將粵劇變成電影形式。你會問我：「你不同意那些電影粵劇，為甚麼又拍了那麼多部該類型的電影？」當時人微言輕，誰會聽我說呢？

到現在我仍覺得，香港粵劇舞台曾經有多少名演員，但片場裏能施展渾身解數的，少之又少，那麼多寶貝丟失了，多可惜，到此不能不服薛五叔（薛覺先先生）先見之明，他說戲曲演員拍戲曲電影必會影響戲曲行業。

南派

很多人都滿口南派、北派，如何劃分？其實最早期，哪有分甚麼南北？直至有前輩到上海演出，學了京劇的表演回來，大肆宣傳，將一些非廣東戲傳統的，就名為北派。到了薛五叔（薛覺先先生）在上海聘請了京班的武師蕭月樓、袁財喜、袁小田、周小來四位南來，便以北派武打招徠，自此成為風氣。總之從前有的，就視為南派，外省來的，就稱北派，其實上海在大部份中國人眼中也是南方，不過廣東人心中是北方而已。

就以京劇來說，京潮派與海派之別，其實也是南北的劃分。北京、天津一路較保守的，被視為京潮派或稱為京朝派，而南方一點的，較火爆的，大多數被視為海派。以老生來說，「南麒北馬」，周信芳先生被稱「南麒」，是因為他在上海走紅，但他不也在富連成科班裏搭過班嗎？曾與梅蘭芳先生在北京演出過嗎？正因他後來在上海走紅，而他一直在做派方面，混合真實感情及感覺，每一小點滴，都十分認真地去刻劃，不論眼神、做手、身段、唱腔、道白都一絲不苟，重點上更加上兩錢火爆。那時的上海是中國最近西方的地方，因為有外國租界，所以華洋雜處，市民生活習慣較為潮流化，不似京津的舊貌，所以周老的演出法特別受歡迎。除了在《四進士》、《坐樓殺惜》、《徐策跑城》，有他特別的做派之外，就算是《群英會》的魯肅，他的刻劃人物，也獨樹一幟的。如果你說他新潮嗎？卻又不盡然。你看他演《四進士》，戴上黑網巾白髮揪，很多人都不知為甚麼？原因就是他出道時，白網巾還未面世，但後來有了白網巾，他仍堅持用黑網巾白髮揪，這不是保守又是甚麼？所以甚麼南、北、東、西，都是外人或後人劃分的，當事人或有門戶之見，但不是分地方。

說到上海，不得不提一位短打武生之神蓋叫天先生，人稱「活武松」。當然他不只武松演得好，很多戲都能稱一絕，如《一箭仇》、《惡虎村》等等，都有與別不同的絕活。香港觀眾能接觸到蓋老的藝術只有兩齣電影《武松》、《蓋叫天舞台藝術》與一本書《粉墨春秋》。在《粉墨春秋》裏，怎樣練功，怎樣去刻劃人物性格，都有描述。他因應自己的身材，安排一舉手，一投足，都有氣派、有美感。他個子不高，演英雄人物一定吃虧，但他在這方面，為了彌補先天的不足，花了不少時間去捉摸，去鍛煉，用神、用氣，去挺起英風氣概，人細氣大，不論演武松或史文恭，都不時有傲視一切的感覺。每一亮相，不論足下的馬步，手上的橋架，都十分硬朗，有一副銅打鐵鑄的感覺。如何令他步向那境界？就是他研究如何彌補身材不足的時候，見到廟宇裏的羅漢像，各有不同姿態，不同神氣，剛好與他自己的先天條件吻合，靈機一觸，便潛心苦練，將羅漢的架式、氣度、眼神、表情，一一細心研究。起初當然是模仿，後來練多了，變成他自己的本能，久而久之，就不用再拘泥着一招一式，隨便一舉手一投足，就已經發散着羅漢的氣象。他教人每一動作，都要練到極之純熟，熟才能生巧，正因他所本的，與一般戲曲武打訓練有所不同，所以形成了本身的派系「蓋派」。這派難學難練，有些動作看上去不很正規，但在他身上非常好看，更有獨特氣派，很多人學「蓋派」，很難學得好，原因是你沒有他那種精神！

我舉一例子，他曾失手受傷，腳骨折了，醫了一個時期，幾經辛苦治好了，一看糟了，折骨處連接得不好。當然我們不知他那時怎樣的接錯了骨，很不自然，這位蓋五爺一看，他不肯接受這錯誤，一咬牙，活生生自己把腿骨再敲斷一次，重新再醫。你試想想，敲下去那一刻有多痛，要有多大決心才做得到，所以「蓋派」的戲難學，因為動作雖難，但也一定有人練得到，惟是那精神，漫說一般人，漫説梨園子弟，就是舉世英雄豪傑，問有幾人能學到做到？這是啟發我們怎樣才叫苦心修行！

配嗎？

記得以前看過俞老（俞振飛先生）一篇文章，提及他因程硯秋先生邀他演出，他那時的身份是「票友」。京戲行中的規矩，凡票友下海，必須拜師，而程先生的劇團，本已有小生行祭酒程繼先先生，正因為程繼先先生因年齡關係，不想再讀新劇本，故而劇團方面，要多聘一位小生應工新戲，所以便邀俞老加盟。程先生當然知戲行規矩，於是便向俞老提議，引進程繼先先生門下，俞老一聽，當然非常樂意。程繼先先生本不欲收這不相熟的徒弟，但礙於程硯秋先生的面上，而程班對他的待遇又非常豐厚，於是勉強答應了。

俞老是出自書香門第，當然執弟子之禮，惟恐不恭，問安致候，無微不至，但那位程老先生，似乎非常淡薄，過了好一些日子，俞老卻始終未從師父那裏得到些甚麼真傳，就算有，都只是些皮毛的玩藝。他覺得既已投入名師門下，就不該蹉跎歲月，該從師父身上學些絕活，以作繼承，將來才不致有辱師門，於是大着膽跟師父說，求他賜教《群英會》的周瑜。

當時俞老形容，程先生的老花眼鏡向下一擱，眼睛從眼鏡頂上看着他，停了一陣子，才問：「你配嗎？」俞老當時不知怎樣才好，程老夫子當然就不肯教，他覺得俞老還不配學，而俞老心中想，這戲我在上海不知演過多少次，怎麼到了這個時候，我連學都不配學？當然心中不是味道，但有修養如俞老，也不會有甚麼表示。於是又過了一段日子，有一天，班中的經理人之類的其中一人，向他報程老夫子死了。俞老是性情中人，怎樣說也是一日為師，終生作父，於是飛奔到程老夫子的家裏，一進門卻見師父安然坐着，他的感性爆發，大哭起來。程老夫子問過原因，對這徒兒的孝心十分感動，從那天起，不單教了《群英會》的周瑜，就連俞老其實不想學的窮生戲，如《打侄上墳》的陳大官，也硬要教他，令俞老的藝術領域得以擴闊，從這事件引伸出三個值得知道的點。

第一，為甚麼有誤傳死訊的事發生呢？這種是非，更出自內行人的口中，原因是那些搞班的人，在談公事的時候，想從程老夫子方面撈些油水，你不肯就範，我就說你病了，不能演了，甚至咒你死了，這是偶有發生的，香港也見過不少，我本人亦親身經歷過，而且不止一次。某某地方的神功戲主會想聘我演出，而那班政家想我減些酬金，我不肯就範，他便回報主會，說我進了醫院，比較溫和一些，便說我撞了檔期，或是接了訂，過埠演出，總之無奇不有；如果是旦角演員，十居其九就說她大肚，不能演出。唉！那時我們受過不少這種待遇了！

第二，為甚麼以德高望重的程老夫子，既收了俞老作徒弟，卻又不肯教呢？這也是戲行常見的事，因為一直以來，學戲都是非常艱苦，他們覺得艱苦得來的東西，就不應隨便的授予，就算是叩頭的徒弟，也不例外。況且程老夫子那年代的人，有點「教曉徒弟無師父」的心態，而俞老之拜師，他也是給東家一個人情面子而已，也不是他自己看中的人，更是南方來的，所謂底細，也只是片面之詞。這人到底人品如何？學藝是否踏實？這些對老人家是非常重要的。如果教了你，你練得不好，學得不仔細，台上出醜，問起這齣戲誰教的，豈非連自己的面子也丟光！我學藝的時候，也有這種情況，師父也是教一些啟蒙的規矩，慢慢看真了，才教些深入的東西。師父是看清楚才放盡手，所謂傾囊以授，舊社會裏，將藝術收起來的，比比皆是。有些前輩明明在教徒弟或兒女，一看見我在旁邊行過，馬上就停住，等你行過了，他才繼續，此是珍惜藝術還是自私呢？這種事令我想到，每人收起一點，若干年後，就甚麼都沒傳下來，就算有，也只是一點零零碎碎的東西，到了那時，怎麼辦？由此亦想到我其中一位老師黃滔先生，他就是年輕時候，想學西皮（四平）板面及過門，那位老叔父寫了一句在煙紙上，還寫到「雞乸咁大隻字」，便吃了他一頓午飯，四両雙蒸。十天八天的午餐，才學到一段四平，於是他立志以後不藏私，多教人。他啟發到我的心，本着有教無類之道，不令任何藝術失傳。但如果我懂得不夠仔細的，就不能胡亂地教，因為後學會當是真的，千萬不可誤人子弟！

第三，就是「配嗎？」這是我一向都很注重的東西，所以從來不充「大頭鬼」。我們有句諺語「冇咁大個頭，就唔好戴咁大頂帽」，在某些抉擇的事情前面，必須先審視自己，正是篇頭題目那一句：「配嗎？」

千萬不要學

記得我入行時，不知多少前輩告誡過我，有兩位前輩千萬不要學，是哪兩位呢？就是「白三叔」白玉堂前輩與「凡叔」何非凡前輩。我開頭莫名其妙，心想兩位都是大名鼎鼎的天皇巨星，為甚麼不能學？但告誡我的人，也都是當時的風雲人物，當然包括我師父在內。為甚麼不能學？這個謎一直在我心裏打滾了很久，何況我小時候，這兩位大師在我心目中都是好戲之人，到底為甚麼不能學？結果在我二十五歲以後，開始踏實地在中上型班，坐穩了正印小生的位置，有幸很多前輩都不嫌技劣，肯給我這小子一個機會，所以有機會做了兩位大師級人馬的小生。

雖然白三叔的一台，是因為他已收山，礙於人情，勉為其難，應老友之邀，於農曆三月二十三天后誕在馬灣（汲水門）演出。全台是五天的，但他老人家説因年紀大了，只答應演頭兩天。後來的三天，請了我做文武生，於是我便提出條件，除非答應我頭兩天做白三叔的小生，否則我就不接。不知哪裏來的勇氣，才説出這幾句話，其實都是求學心切，結果成功了，我於是當了兩天白三叔的小生。這兩天一直注意着他老人家演出，發覺原來真的不可學，原因是白三叔對戲的認真處理，萬人難及，他獨有的身形手腳，卻十分獨特，只有他個人的身材，做派配合，才能發揮，否則一定給人覺得你是個怪物。不論穿蟒袍、海青、大靠等等的服裝，一樣會起「小跳」，忽然嚇你一跳，但他因為對戲的掌握非常到家，所以他這樣的身形手腳便被接受，你沒有他的功力，就千萬不能學。他演戲則非常獨到，留放自如。《黃飛虎反五關》一場「迫反」，兩眼一瞪，三面露白，簡直就像雙眼凸了出來一般，對着他真的心也寒了。他很多時將每一個介口都仔細地做，做足思考才作出反應。他演《三審玉堂春》關王廟的一場，描寫下大雨，屋內漏水，他拿着盆去接水，刻劃得萬分細膩，嘆為觀止，所以一位前輩身上，你也要擇其善者而從之。

另一位凡叔，更是紅透半邊天，為甚麼不能學呢？我小童年代，在麗星劇團，十分迷醉他在《雙仙拜月亭》裏「抱石投江」的一場戲。在劇中，王鎮拉着女兒走的一個介口，之前他一臉無奈、沮喪，含着一泡眼淚強忍，到了最後關頭，他用盡了平生氣力，大叫一聲：「瑞蘭！」跟着撲出去，拖着花旦唱《戀檀郎》：「待郎訴與瑞蘭聽……」，聲淚俱下，觀眾反應像爆了炸彈似的。這樣的一位前輩，為甚麼不能學？後來有幸做了凡叔的小生，做多了才發覺凡叔演出中的身形手腳，也是十分獨特。不論穿戴，也一樣隨意亮相，文生角色亮了武生的相，比比皆是。他的戲演得獨到，能扣着觀眾的心弦，當然被接受，但你光學身形手腳，便是成了東施。我們身為後學，何必冒險呢？這都是前輩語重心長的例子。

久而久之，我再將兩位大師的演出，詳細研究，發覺兩位有一共同點，就是非常認真投入，真的全心全意，鼓足精神去演。先說白三叔，一早裝好身，穿戴完備，很早就在虎渡門內等場，聚精會神，不言不語，臨上場前，已經進入角色人物，不論那齣戲是好的，或是很不通的馬虎之作，他也全力以赴。他的意思是這才對得起觀眾，對得起同台的人，對得起自己，專業精神一流。至於凡叔，也是一早等場，抽一口香煙，喝一口濃茶，全心投入人物裏，行內形容他：「未出唔願出，出去唔肯入。」其實不是唔願出，只是準備充足才出場，至於唔肯入，就是千真萬確。他戲癮十足，在台上要過足戲癮才算數，不管演到幾多點鐘，一於不理，《雙仙拜月亭》頭一天在東樂戲院演到凌晨兩點四十五分，不知算不算破紀錄了。而他每次煞科後，總在後台卸去服裝，披上一條大毛巾，坐下來，點上一根香煙，閉上眼睛，要等好一陣子才卸妝。從他散場後，要在後台過那麼久才離去，你就明白他這晚是竭盡全力，所以這兩位大師，不是不能學，不能學是他倆獨特的身形手腳，但如果你學到兩位的演出法及竭盡全力的專業精神，相信你不成功才怪！

難忘的電影還有……

說起電影，真的看了無數，當然以當年荷里活式的，堆金砌玉，甚麼千萬金元製作作為招徠的，固然有些是得個大字，得個靚字，由莎劇演員演的《埃及妖后》（*Cleopatra*, 1963）也不外如是。這是怎樣挑劇本，如何選演員，導演、製片功不可沒。同是大片，看大衛連（David Lean）的《桂河橋》（*The Bridge on the River Kwai*, 1957）、《沙漠梟雄》

（*Lawrence of Arabia*, 1962）、《齊瓦哥醫生》（*Doctor Zhivago*, 1965）；威廉惠勒（William Wyler）的《賓虛》（*Ben-Hur*, 1959），甚至稍次一級，羅拔淮士的《夢斷城西》（*West Side Story*, 1961）、《仙樂飄飄處處聞》（*The Sound of Music*, 1965），都有值得回味的場面，不是只有外表沒有內涵的，但最令我難忘的，好像都不是大製作。

舉個例子，描寫意大利戰後的蕭條，小市民的困境，一套足以令你心酸一輩子的維多里奧狄西嘉（Vittorio De Sica）導演的作品《單車竊賊》（*Bicycle Thieves*, 1948）。當時意大利是戰敗國，人民生活十分艱苦，一個男人輪候了很久才有一份工作，但這份差事是貼街招，必須有一輛單車才可，否則就另聘別人。這窮困失業的人，當然沒有單車，但他為免家人捱餓，硬着頭皮說有單車，於是他在短時間內，千般努力，湊夠了錢，買了一部單車，卻在工作中被人偷去。這打擊非同小可，他為生存，迫得鋌而走險，去偷他人的單車，結果偷他單車的人逍遙法外，而他就被一群人拳打腳踢，最慘是給自己的兒子看到，兒子拚命為他爭辯，但他卻真的做了賊。這套電影，我看的時候已不是首輪，但給我很大的感觸，我想他本來是個好人，生活的重壓，命運的摧殘，令他變成竊賊，最令人痛心的是，他以後怎教兒子做好人？這電影跟隨我的腦子存在了幾十年，所以我很多時寫劇本都不多不少，有意無意之間，去表述「無可奈何」，這是人生最悲慘的事。

另一套「無可奈何」的電影是《英雄淚》（*Requiem for a Heavyweight*, 1962），講述一個拳師，我很記得由安東尼昆（Anthony Quinn）飾演，開頭由一組主觀鏡頭，代表了這拳師所見，在拳賽裏最後被對方一拳擊中，鏡頭黑了，代表他暈了，醒來聽到醫生說：「你以後不能再打拳！」試想拳師不能再打拳，以後的生活如何有着落？既是理想毀滅了，更要面對現實的困境，他的經理人賭拳，買他贏，而他輸了，馬上給一班黑社會人追債，經理人跟隨他，一場敗仗陷入困境，教練看見他失敗而傷心絕望，有一位好心腸的女社工，千方百計幫助他，但他除了打拳，還能做甚麼？最後他仍上那擂台，但再也不是拳師，而是扮紅番給人打。給我聯想到美國一代拳王祖路易（Joe Louis），最後在拉斯維加斯的酒店門口替人開車門；也聯想到很多藝術界先輩們，甚至馬圈呼風喚雨的騎師，足球圈稱王稱帝的名將，看他們的完結篇，令人心痛心寒！這齣《英雄淚》沒有天皇巨星，卻全是好戲之人，安東尼昆（Anthony Quinn）、茱莉夏李絲（Julie Harris）、米奇龍尼（Mickey Rooney）、積奇基利遜（Jackie Gleason），有機會一定要看。

噢……還有一齣《流浪者》（*Baby the Rain Must Fall*, 1965），不要誤會，不是鼎鼎

大名印度電影《流浪者》（*Awaara*, 1951），而是百分百荷里活電影，史提夫麥昆（Steve McQueen）主演的，故事發生在美國一個小鎮，鎮中一個幾乎近似土皇帝一般身份的女富婆，收養了一個孤兒，要培養他做政客議員，但這年輕小子卻熱愛音樂藝術。有一次他與女朋友離家出走，到了一個人煙稀少的地方，想過新生活，當然最後夢想成空，更被當權者將他送入牢獄之中，毀了前途。他有甚麼錯？最令我刻骨銘心的場面，是他倆覓得世外桃源，他的友人送來一株樹苗，他們興高采烈的，在園中泥土挖一個洞種下去，但卻忘了從鐵罐將苗與泥拿出來。試想連着鐵罐栽種會生長嗎？記得初看時，當那連着鐵罐栽種的鏡頭一出現，觀眾是笑的，笑這小伙子無知，但想深一層，便發覺那場景寓意深長，惹起無限反思。

這三齣「無可奈何」的電影，一直影響着我的思維、我的價值觀、我的同情心，希望有機會，大家一齊欣賞。

【第二章】

靈根自植

從一己之見聞所得之粵劇史說起

外江班．本地班

我是個有話直說，不會耍花招的人，所以在此文中或會開罪了老師宿儒、先輩文豪，也未可料，或有之，則先行告罪。

為甚麼我憑一己見聞便去寫粵劇歷史呢？這不是太荒唐嗎？唉！非也！請看所有先賢關於粵劇歷史的書籍，所論都是從明清的《竹枝詞》，又或雜説、概論、見聞錄，又或引先賢如徐天池（徐渭）、李笠翁（李漁）、張祥珂、檀萃等文豪之語。著書立説者，有些連廣東都未必到過，或有之，亦可能在某些文會，或某些場合所見，似乎一眾文學家很少深入戲班印證。當然舊社會裏，戲人身份十分卑賤，與娼盜同流，也許恥與交往，於是則只作一些遊戲文章視之。他們未必料到，數百年後的今天，他們的片言隻字，被視為金科玉律。

我舉個例，單就「外江班」、「本地班」，當中的描述和定義，就夠教你目迷五色。其實我出道的時候，仍有很多前輩口中提及「外江班」的，以他們的見解，「外江班」是外來的。你們看看，廣州市鎮海樓（五層樓）就見不少碑記，記錄着從明到清的「外江班」。

如某某年，湖南來甚麼班，有些連演員名字也記上，連劇目也記上，總之哪裏來的劇團名稱、演員名稱、劇目名稱，都可能查到，而廣東有「外江梨園會館」是事實。那些年、那些班來了，是有記載。但你們知道他們有沒有走了呢？是否就落地生根，在廣東長駐了呢？只記來時不記往日，明朝距今四、五百年了，怎去追查？所以前輩從未談及有沒有本地人搭「外江班」演出。明中葉後是否已有「本地班」？如果有，又是演甚麼戲呢？這一切都未經證實的。如果「外江班」如流水般演完便走，又為甚麼會有「外江梨園會館」的存在呢？如果單從名稱考證，則「外江班」既是外來的，那麼「本地班」就應是本地人組織，本地人演，從業的都是本地人，誠如是，則「本地班」何時才開始呢？

祖師爺張五

我們承傳着前輩所說的歷史觀念，當然不一定準確。「本地班」是從張五祖師爺逃難到佛山開始，班中一直相傳，祖師爺張五是雍正年間的湖北人。當然是戲曲演員，在北京走紅，因為鼓吹反清，被清廷追捕，輾轉逃到廣東佛山鎮。我原初以為祖師爺從湖北逃來廣東，一直還虛擬着他逃難的地圖，誰知我到武漢跟尋二黃腔來源時，才由湖北人告知，祖師爺走紅之後，去了北京演出，他是在北京逃來廣東的。

當時佛山是我國四大鎮之一，也是大商埠，所以他便在佛山落腳，也許是不由他選擇。初到佛山，連廣東話都不會說，怎辦呢？好在他孔武有力，於是暫操賤業「抬轎」。當然，以一個外江佬加入行業，業內反對的，一定大有人在，而且實際情況裏，甚麼爭地盤，搶生意，都在所難免，何況大多數是講打講殺的老粗，於是初則口角繼而動武，時有發生，幸而我們的祖師爺是「永春」的高手，力服群雄，令一眾自視打得之人拜服，更集體尊之為師，所以說祖師爺在佛山教拳腳也是真的。

我們戲班有句常說的口頭禪：「桐油埕始終是載桐油的。」戲曲演員一定有戲癮，我們祖師爺也不例外，於是訓示子弟們不要再學打打殺殺了，不如教你們演戲吧！教演戲如果教得好，做得好，當然越來越多子弟。從「玩玩吓」變成有組織，轉而成為職業，是順理成章的事。到現在為止，我們一眾前輩都認為我們所有的，都是這位祖師爺教的。但數百年下來，我們到底吸收了多少其他的東西，真的不得而知，不過他既是在湖北學戲，則梆子腔、二黃腔應該是必然的了，不過距離幾百年，誰找得到百分百的證據呢？

廣東有了「本地班」，其實唱的都不是廣府話，因為祖師爺都不是廣東人，怎會教我們唱廣府話呢？之後我們加入瓊花會館，有人力證明朝中葉有「本地班」，就因為南海縣志中，記載明中葉佛山已有瓊花會館。其實說我們祖師爺創立瓊花會館是錯的，我們是加入，不是創立。瓊花會館是冶金業的會館，不過他供奉的是「五顯靈官華光大帝」，祖師爺也拜華光大帝，於是便加入了瓊花會館。這個機緣，我看來是錯打正着，我們祖師爺真是供奉華光大帝的嗎？這個我下一章節才表述，但後來因我們行中的李文茂先賢加入太平天國，名正言順在廣東起義，清廷一把火燒了瓊花會館，將我們行內人搜捕殘殺，還嚴禁演出廣東戲，可說滅行大禍，還連累了冶金業會館被毀，真欠了他們一筆不可償還的債。

為甚麼人人都說瓊花會館是戲行的，又不提是冶金業的呢？你說吧！走到街上，你認識演員多，還是認識打金師傅多呢？唉！總之世事就是這樣，秀才遇着兵，有理說不清！

行內很多前輩掛在口邊常說的，還有祖師爺親自設計紅船，非常精細，一寸多餘的空位都沒有，就因為此事太費心思，令他晚年雙目失明了，所以到現在，我們在響鑼鼓前十五分鐘要響一下大鈸，一是由雜箱【二】將大鈸交給擊樂人員響一下，證明是完好無缺的，用完爛了不關雜箱的事；其二是說祖師爺的靈魂常在戲班裏，因為他是盲的，未聽到大鈸聲之前，他找不到自己的位置，所以響大鈸之前，我們是不准潑水的，以免潑着祖師爺，當然這算是神話迷信，但也表達出尊重。

再說紅船，我認識的前輩老師們很多都是紅船出身的，如師父麥炳榮先生、黃滔先生、靚次伯四叔、白玉堂三叔等位，異口同聲都讚頌紅船的規劃。每班兩艘是一樣的船，一艘叫天艇，一艘叫地艇，就將百數十人安排妥當，巡着水路四處演出。船中除了演出的人員、辦事人等等之外，還有十六名（我不知是一艘船，還是兩艘船合共十六名），名為「督水鬼」或稱為「篤水鬼」。我有幸還見過最後那輩的「篤水鬼」，他們個個手臂比我大腿還要粗，都是魁梧奇偉的彪形大漢。他們為甚麼被稱為「篤水鬼」？原來他們是撐船的。那時川流於內河的戲船，所經之處的水位並不太深，他們用長竹篙撐着，令戲船前進，泊岸後抬戲箱去演出地點也是他們。

前輩們還說：「你懂得用人，有三十幾人給你使喚，你不懂用人，一個都冇得畀你用。」原來很多人一人司幾職，連剃頭師傅都有，但他們分開時間工作，所以你不在適當時候使喚他們，就算大大的老倌，他們也可不理。

還有，紅船是在每年六月開身之前，公平執鋪位的，因為以前是長期班，一做便起碼一年，所以你執到的位便要睡一年，如果你想換，必須要買，不能以勢力欺壓，你說放諸現代社會也未必做得到。

說到紅船名稱的由來，以我理解不是「紅船」，而是「洪船」，因為祖師爺反清。大家都聽過洪門是反清組織吧！不過掩人耳目，你用那個字都可以。其實紅船也不是祖師爺的創意，因為湖北所有賣藝的船都稱紅船。我是由一位湖北雜耍藝人的口中得知的，而且我認識而問過的前輩都異口同聲說，紅船不是紅色的，是深木色，大概是棕色吧！

還有一艘叫天艇，一艘叫地艇，問起來，說按《千字文》排序，天地玄黃。唉！才兩艘艇，用《千字文》排序，顯然內藏玄機。說出來「一字咁淺」，還不是與反清的天地會有關？所以祖師爺一直都在反清！

► 紅船模型是香港文化博物館的珍貴館藏（照片提供：香港文化博物館）

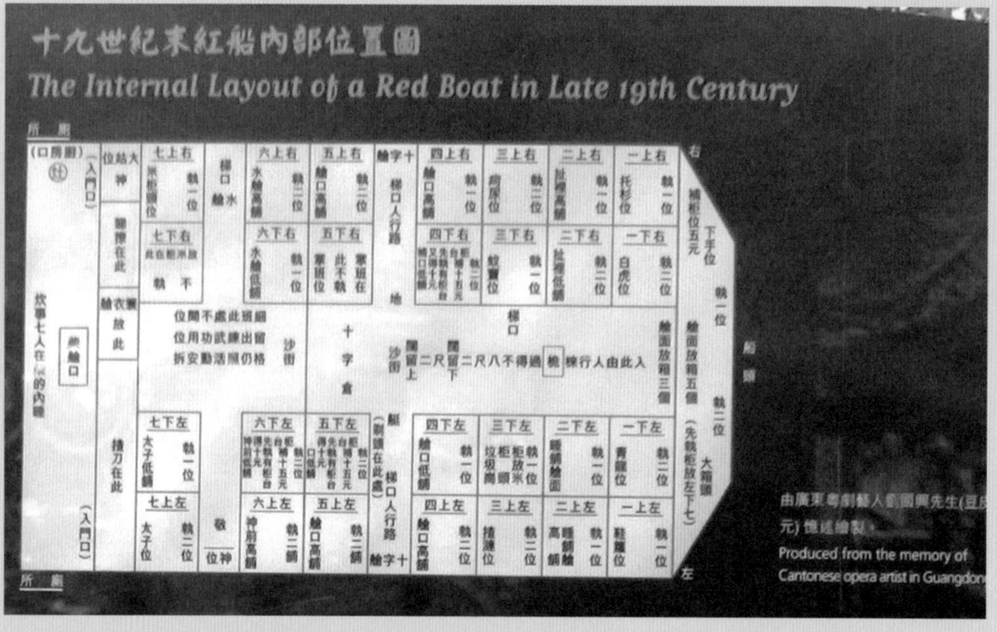

▲ 十九世紀末紅船內部位置圖（照片提供：香港文化博物館）

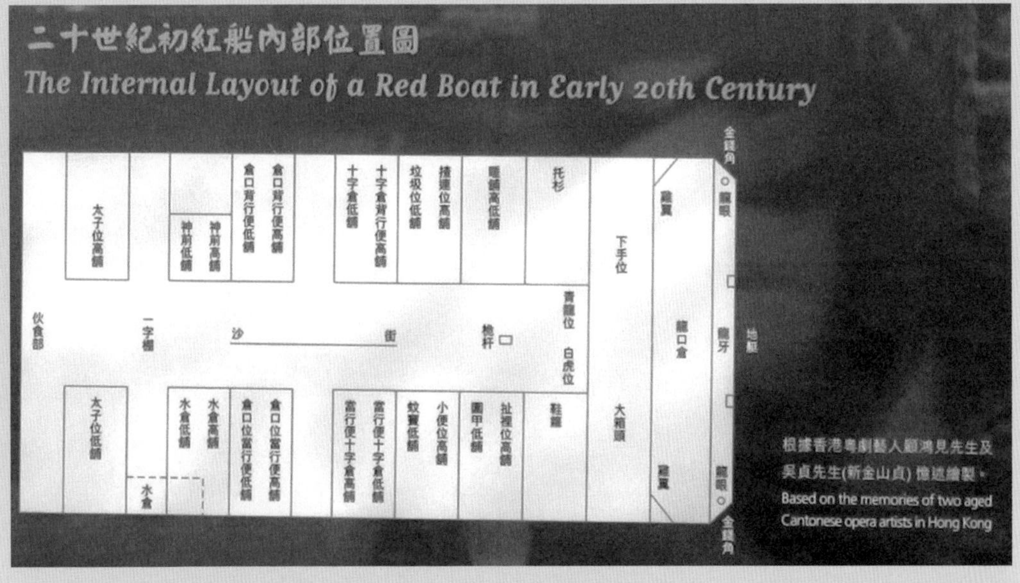

▲二十世紀初紅船內部位置圖（照片提供：香港文化博物館）

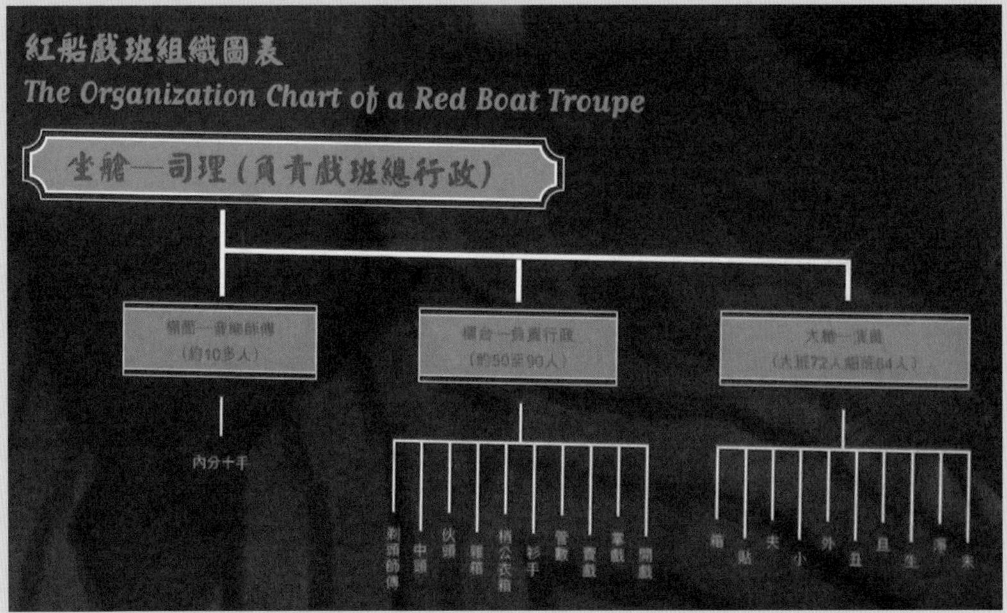

▲ 紅船戲班組織圖表（照片提供：香港文化博物館）

華光大帝

我在入行時（一九五三年），不管跟隨哪一位前輩學藝，都會教導後輩子弟「飲水思源，決不忘本」，但我們的祖師爺張五師傅怎會拜華光大帝的呢？因為找遍大江南北，全中國三百四十八個劇種，沒有一個劇種是供奉華光大帝作祖師的。尋了很久才找到一個小劇種「調子」（彩調劇）是拜華光的，我以為可找到根源了。唉！細查之下，原來他們起初是拜九天玄女娘娘的，後來至清末民初，才仿效我們拜華光大帝。

我一直迷惘的事，直至我到江西宜黃縣找尋二黃腔來源時，才突然發覺有些線索。明朝湯顯祖大師為宜黃縣的清源師廟寫了一篇《宜黃縣戲神清源師廟記》（見後頁附錄），讀後才恍然大悟。清源師是二郎神，不論這二郎神是趙昱，或是李冰的兒子，或是楊戩，他們有共通之處，神像都是有三隻眼的，扮相也差不多，文中還提及田、竇二將軍，恰恰與我們的戲神吻合。

不要忘記，我們的祖師爺是被清廷追捕逃下來佛山的，他如果供奉原來那一位的戲神，便恐怕露出蛛絲馬跡，於是他就入鄉隨俗，供奉一位與他心目中的戲神同樣扮相的神靈。

為甚麼說入鄉隨俗呢？因為佛山是「陶都」，陶是用火燒出來的，所以南海縣的人既靠火，但也怕火。靠火，可令他家肥屋潤；怕火，是火可以令他傾家蕩產，故此南海縣內有很多華光廟的。祖師爺在很順理成章的情況下，來個瞞天過海，但也要向子弟解釋為甚麼華光大帝是戲神，於是便編了一個十分動聽的故事。大概是說天上玉皇大帝因唐明皇夢遊月殿，回到凡間，把天上的景象在梨園搬演。玉帝聞之大怒，心想我對你那麼好的招待，你卻將我天庭的秘密都帶到凡間公開了，這還了得。於是派了華光大帝下凡，一把火給我燒了，但是華光大帝到了凡間，剛巧就是看見演出《玉皇登殿》，一看之下，覺得實在不錯，於是就看到散場，他才發覺糟了，未把戲班燒掉。他又不忍滅絕戲班，一念仁慈之下，便報夢於梨園子弟，教以燒些黃煙，他便好回天庭覆旨。想想玉皇大帝真的那麼容易瞞過嗎？

祖師爺為了供奉田、竇二將軍，便編了另一神話，說戲班本來唱曲不懂分句，又不懂翻騰跌撲，後來有一天，在田野間見兩小童在玩耍，他們便駐足觀看，後來兩個小童還教眾子弟分句逗及打翻，教畢，一個在田裏消失了，一個鑽進水竇裏不見了，眾子弟才知是神仙，故此我們的田、竇二師像，是小童扮相就是這原因。

憑這種種原因，我深信我們的張五祖師本來是供奉清源師的。至於《玉皇登殿》這齣例戲，是否張五祖師所編，來豐富華光大帝的神話故事，我沒有證據！但這例戲裏，卻延續着祖師爺的反清意識。戲裏的玉皇上場之後，便說看見凡間黑氣衝天，命諸神下凡查察。除了暗裏影射人間有怨氣之外，表面好像沒甚麼，但如果你看畢全戲，你會找到多一點東西。諸天神佛在場走動都不多，只有日神與月神，一直不停地穿梭其間。他倆每人手持一牌，一為「日」，一為「月」，試想「日」、「月」兩字合成，就是「明」字，基本就是隱藏着復明的意識。很明顯祖師爺一直是位滿腔熱血的民族英雄，雖然他終其生都未能如願，但他將他的精神灌輸了給廣東戲班，所以我們一直有着反清復明的精神。直到太平天國發難，先賢李

粵劇例戲《玉皇登殿》

文茂組織行中人在廣州起義，那一場大革命雖未成功，但在戲曲史上，可謂絕無僅有。

附錄

宜黃縣戲神清源師廟記

人生而有情。思歡怒愁，感於幽微，流乎嘯歌，形諸動搖。或往一而盡，或積日而不能自休。蓋自鳳凰鳥獸以至巴、渝夷鬼，無不能舞能歌，以靈機自相轉活，而況吾人。奇哉清源師，演古先神聖人，能千唱之節，而為此道。初止爨弄參鶻，後稍為末泥三姑旦等雜劇傳奇。長者折至半百，短者折才四耳。夫天生地生鬼生神，極人物之萬途，攢古今之千變。一勾欄之上，幾色目之中，無不迂徐煥眩，頓挫徘徊。恍然如見千秋之人，發夢中之事。使天下之人無故而喜，無故而悲。或語或嘿，或鼓或疲，或端冕而聽，或側弁而咍，或窺觀而笑，或市涌而排。乃至貴倨弛傲，貧嗇爭施。瞽者欲玩，聾者欲聽，啞者欲嘆，跛者欲起。無情者可使有情，無聲者可使有聲。寂可使喧，喧可使寂，飢可使飽，醉可使醒，行可以留，臥可以興。鄙者欲艷，頑者欲靈。

可以合臣之節，可以浹父子之恩，可以增長幼之睦，可以動夫婦之歡，可以發賓友之儀，可以釋怨毒之結，可以已愁憒之疾，可以渾庸鄙之好。然則斯道也，孝子以事其親，敬長而娛死，仁人以此奉其尊，享帝而事鬼；老者以此終，少者以此長。外户可以不閉，嗜欲可以少營。人有此聲，家有此道，疫癘不作，天下和平。豈非以人情之大寶，為名教之至樂也哉。

予聞清源，西川灌口神也。為人美好，以游戲而得道，流此教於人間，訖無祠者。子弟開呵時一醪之，唱鑼哩嗹而已。予每為恨。諸生誦法孔子，所在有祠；佛、老弟子各有其祠。清源師號為得道，弟子盈天下，不滅二氏，而無祠者。豈非非樂之徒，以其道為戲相詬病耶？

此道有南北，南則昆山之次為海鹽。吳、浙音也。其體局靜好，以拍為之節。江以西弋陽，其節以鼓。其調喧。至嘉靖而弋陽之調絕，變為樂平，為徽青陽。我宜黃譚大司馬綸聞而惡之。自喜得治兵於浙，以浙人歸教其鄉子弟，能為海鹽聲。大司馬死二十餘年矣，食其技者殆千餘人。聚而諗於予曰：吾屬以此養老長幼長世，而清源祖師無祠，不可。予問倘以大司馬從祀乎。曰：不敢，止以田、竇二將軍配食也。予額之，而進諸弟子語之曰：汝知所以為清源祖師之道乎？一汝神，端而虛。擇良師妙侶，博解其詞，而通領其意。動則觀天地人鬼世器之變，靜而思之。絕父母骨肉之累，忘寢與食。少者守精魂以修容，長者食恬淡以修聲。為旦者常自作女想，為男者常欲如其人。其奏之也，抗之入青雲，抑者如絕絲，圓好如珠環，不竭如青泉。微妙之極，乃至有聲而無聲，目擊而道存，使舞蹈者不知情之所自來，當嘆者不知神之所自止。若觀幻人者之欲殺偃師而奏咸池者之無怠也。若然者，乃可為清源祖師之弟子。進於道矣。諸生旦其勉之，無令大司馬為長嘆於夜台，曰，奈何我死而道絕也。乃為序之以記。

明代　湯顯祖

大水沖毀龍王廟

張五祖師的故事，本來是戲行世世代代的口傳歷史，可惜近幾十年就淡化了，很多教戲的也未聽過。現代人的價值觀有所改變，他們覺得知了有甚麼用？大概這也是急功近利的心理吧！那既然知道，為甚麼還要在此大書特書呢？唉！畢竟我是聽着這些故事長大的，不想後輩不知道，更想將來有些有心人再追尋證據，更不想「大水沖毀龍王廟」，自己難認自己人。例如詠春名師葉問的兒子葉準師傅親口對我說：「你個祖師係我個祖師。」他說張五亦是詠春派祖師之一。但那個年代還未有詠春派，怎會是他的祖師呢？我們祖師綽號「攤手五」，我們做手中有一招名為「攤手」，而葉準師傅實牙實齒的說：「不是你們的攤手，是我們的攤。」原來詠春派果有一招名為「攤」。後來認識了針灸名師張勇，原來他也是詠春派的門人，他也有做尋根的功夫，他亦力證張五是他們的祖師之一，但他說那時未名為詠春派，大概是永春派，所以我們戲班手橋與木人樁，跟詠春拳派的十分相似。我們初學手橋的馬步也是二字箝羊馬，陷胸、短拳，這是練樁手時候的橋架。在台上表演時，陷胸、短拳怕不夠美觀，因為我們是講求真善美的，所以後來很多前輩便將洪拳、蔡李佛等各家武功吸納，成為了我們現在台上的形象。這是我們應該知道的，起碼要記着詠春與我們是有關係的。

最近聽說佛山在整理詠春派的歷史，也與紅船有關，那就更加有證據，因為追尋歷史的都是學者、專家，到了黑書白紙成為著作的時候，總比我們這些江湖藝人的口述歷史，令人覺得可信性較高。

還有一個傳統，在這裏順帶一提，就是戲班中人，不論何時何地，遇上大八音班，俗稱「鑼鼓櫃」的師傅，我們不論年齡老少、地位高低，也要稱他們為「師傅」，這是行中規矩，必須遵守，我也不知為甚麼？當然我也照辦的。雖然現在已沒有正式的大八音班了，但還有幾位是大八音班出身的師傅，在行中也頗受尊敬。我想是否大八音班比我們還早？我見佛山祖廟的萬福台，每邊有兩個虎渡門，有人告訴我，其中一個是大八音班用的，是真是假，我還真的未加考證，不敢妄下斷語。

歷史？

我不是歷史學家，當然我也沒有資格做史學家，但我既是戲行中人，就連自己行業的根源都不明不白，說得過去嗎？所以我以上幾篇我聽回來、找回來的粵劇歷史，當然有人質疑。有一些連我自己也質疑，單是「本地班」這名稱，已經不斷的爭議。麥嘯霞先生在《廣東文物》中的《廣東戲劇史略》裏，表示首位組織廣東戲班的人是張五，很清楚說雍正年間，張五從北京逃到佛山鎮的大基尾，但他說祖師以京戲崑曲授諸紅船子弟，變其組織，創立瓊花會館，單就這幾句，就足令人迷惘。首先是「京戲崑曲」，「京戲」這名稱及形成是乾隆六十大壽，四大徽班進京後，各家各派伶界大師集中打造出來的。那雍正年間又何來有京戲呢？再者授諸紅船子弟，紅船一眾皆指是祖師爺設計出來的，起碼廣東的紅船是。祖師爺才來教授，當然就未造紅船，又何來稱為紅船子弟？況且紅船子弟只有廣東戲班人稱得，其他劇種都沒有這稱呼。

說到瓊花會館，更在南海縣志裏記載着是明中葉便有的，單憑幾行字，就走出這麼多疑點來，你說該如何是好？但這也不能怪麥嘯霞先生，因為事隔數百年，他那時手邊能查到的資料就是這麼多，又能怎麼樣呢？

再者瓊花會館，我清楚地看過有典籍註明是冶金業的會館，但很多學者都一口咬定是梨園行的會館。這六十幾年來，看過的書也不少，你要我記着從何書看到？誰人著作？哪一節？哪一章？第幾頁？又哪裏記得清？更有說康熙版的《佛山忠義鄉志》裏，寫有瓊花會館屬於戲行會館，更寫明該館建於明嘉靖年間。我找不到康熙版的《佛山忠義鄉志》來看，但後來的版本卻沒註明瓊花會館是屬於戲行會館，難道後來的版本給刪掉了？

佛山有瓊花會館則人盡皆知，現在仍有瓊花遺址、瓊花水埗等等蹤跡可尋；但廣州也有瓊花會館之說，也曾惹起追尋討論，甚至爭議，因為廣州有瓊花大街，總之我們的行業的根源千絲萬縷，也未能找着真憑實據，只有各自推斷出來的定論。

本地班

我們戲行一直深信，廣東的「本地班」是由祖師爺張五組織出來的，但有記載明萬曆廣州有瓊花會館，更指證是「本地班」，不是「外江班」的組織。追查起來，令人更多一層不解？廣州、佛山相距不遠，竟有兩家瓊花會館出現？佛山的建於嘉靖，廣州的建於萬曆，嘉靖比萬曆早，當中隔了隆慶，但隆慶才六年光景。當然你可說佛山繁華，廣州也繁華，等如香港有的，九龍也可有的，但舊社會不比今天，如果說瓊花會館是我們「本地班」的會館，那麼晚一些才建成的廣州瓊花會館，是想獨樹一幟嗎？在戲行來說，是絕不可能的事，莫說在舊社會體系裏，就是今日，會有人在香港島這邊再設立另一家八和會館嗎？行家們入這個會，還是入那個會呢？以前，香港沒有八和會館，就是因為廣州有八和會館。

直至一九四九年後，廣州與香港劃清界線，取消自由出入，大部份斷了來往。至一九五三年，香港伶人才在香港組織八和會館，就算海外，新加坡與馬來西亞都有八和會館，美國東部、西部都有八和會館，但都是相距甚遠的地方，所以在舊社會裏，我不甚相信當時會有兩所瓊花會館。要就如我所說，瓊花會館起初是冶金業的，後來由祖師爺帶領我們加入。如果戲行人在不遠處另起爐灶，必會惹起一場風波，歷史又怎會沒記載呢？況且當時風流名士，顧曲周郎，雅好閒來揮筆談腔論調，文中常有提及所見所聞，關於戲曲者，亦在所不免，所以後人取資料時，往往來自這一批書中，其中有引述《廣州歌》：「閩姬越女顏如花」一詞，閩姬當然指福建女伶之類的人，越女被指為本地土班藝人，雖然我們曾是「南越」，南越王墓也在廣州，但明清兩代人已甚少將嶺南稱為「越」的了，詩中的越女為何被指作本地土班藝人呢？這類記載中，大多數將當時花天酒地的場合，極度熱鬧的情景，形容成飲食之盛，歌舞之多，過於秦淮數倍，更將本地土班藝人與娼同類。也有將「外江班」指為唱崑山腔，「本地班」指為唱弋陽腔，這些文學家真的知道嗎？其中如李笠翁（李漁）、徐天池（徐渭），當然是懂得，但其他的呢？有些記載甚至有侑酒的場面。戲班人相信除了軍閥時代，或遇惡霸土豪，否則絕非如那些有識之士眼中的下賤，而且看戲與陪酒，根本就是兩回事。你看看《清明上河圖》的戲台，怎會是花街柳巷之會？但因為戲人被打成下九流的低賤之輩，連族人都不認，於是指優為娼，也沒甚麼大不了！

南蠻子

古時廣東地區並不文明，試看看我們在中國版圖的邊上，一直被視為南蠻子，猶幸唐代的韓文公（韓愈）、宋代的蘇東坡，相繼被貶南下，才把唐宋的文化帶了下來。被貶的人一定貶到貧瘠之區，絕不會是繁華都會，但是廣東的昌盛繁榮，又從何時開始呢？我雖沒有研究，但從兩位大文豪的南下，一定令廣東受到文化的影響。宋、元至明代的早期且不管它，到了明代中葉或以後，就有了這些記載，力證廣東有戲。有戲不出奇，但有「本地班」則較特別。顧名思義，「本地班」是本地人的班，那麼唱的是甚麼方言呢？有說唱弋陽腔，我們到現在《六國大封相》也是唱弋陽腔，但都是唱中州韻（官話）的，外省人怎樣去辨別「外江班」與「本地班」呢？做個假設，本地人又有沒有參加「外江班」的呢？因為既有「外江梨園會館」，「外江班」來了，一演，演個一年半載，甚或二、三年，也不能算奇事，而這期間如有人事變動，本地人加入，又或投師學藝，亦甚平常，是否一定能劃清界線呢？

再一大膽假設，祖師爺張五逃到佛山之前，廣東已有「本地班」，為甚麼還盛傳他創立瓊花會館呢？更為甚麼幾百年後的今天，我們仍然供奉着他？以當時神權高於人權甚多的年代，而我們供奉的除了華光大帝、田竇二師，還有一位據說曾救過戲班的譚公爺之外，就是我們祖師爺張五。四位都是神仙，只有他是人，一個凡人死後能與諸神平起平坐，在舊社會來說，真的並不簡單，如果不是創行業的祖師，怎會這樣受尊敬？在廣東戲行中，就從未聽過另有祖師之說，更未有人提及任何其他人的名字，行中只有一位前傳後教張五先師，雖然有人附會寫成張騫先師，但戲行中人都知道就是張五，只此一家，並無分店，因為大家都知張師傅是逃下來的，埋名隱姓是一定的了。至於張師傅之前有沒有「本地班」，我做不了仔細的跟查，但起碼就不是我們戲班的那種規模。

從明中葉至清雍正前後的記載，不管是遊記、雜談、甚麼鄉志、縣志，描述的都不似是台上演，台下看的感覺，大多數是酒席筵前，歌台舞榭，勾欄曲院之類的場景。雖也有云「善技擊」，又「鑼鼓喧天」之類的描述，但為數不多，亦有貶為不堪入耳，甚為煩躁，總之一言以蔽之為不雅。這雅與不雅，且自不評，有提及伶人陪酒，當然沒寫是「本地班」，但那場合就不似是看戲的場合了。雖然那時也有達官貴人喜慶堂會在家裏演戲，但也不會要伶人陪酒，說到甚麼亂彈、崑山、弋陽諸腔，又有幾人深得三昧？曾有記載富戶蓄戲班於府中，某伶能以太和正音譜唱出某某曲……當然也不是唱廣東話的，那又是唱甚麼話的呢？所以我仍堅持我們的祖師是張五。

歷史中的名稱

我們現在都稱為「粵劇」，這其實是很近代才有的名稱。以各省的代表字，例如河南戲稱為豫劇，山西稱為晉劇，廣西稱為桂劇，於是我們就被稱為「粵劇」，但也非盡善，因為「粵」是廣東，而廣東還有其他的幾個大劇種，如潮劇、西秦戲、漢劇、海陸豐的正字戲、白字戲，不過可能我們名氣最大，國外分枝亦最多，故此用了我們代表廣東，其實稱為「穗劇」也頗貼切。「穗」是代表廣州，但我現在提出，第一，是一定無效，第二，不被行家罵死才怪，一定指我自貶身價，但我們執筆寫以往歷史時，怎樣稱呼呢？粵劇嗎？

古時根本未有這稱號；廣東班嗎？廣東還有其他劇種；廣府班嗎？基本以前不是唱廣府話的；稱為廣州本地班嗎？又似乎令人覺得繁複了一點，所以我常用「我們以前」這四個字，比較有親切感。

對這個「我們以前」的追查，十分困難，困難不要緊，困惑才真令人煩惱，其中涉及一大堆書籍的名稱，而那些書籍不獨是多不勝數，更有很多早已絕版。在香港莫說是一般的圖書館，就是大學裏的圖書館，甚至某些收藏家的藏品庫裏，都未必有，所以要找「我們以前」，尤其是最早期的歷史證據不單是難，而是極難。除了證據不足之外，還夾雜不少名人、文學家，甚至史學家，他們的隨意下筆的遊戲文章，可能你窮十數年精力找到的東西，忽然被上述的其中一句，被人引用來攻擊你的成果。你得來不易的結論，於是又被衝擊，被衝擊不要緊，最慘是連你自己的信念也被搖動，因為被引用的都是鼎鼎大名的人物所著作的，你連那本書都找不到來看，你能怎麼說？試問我輩現代人，憑甚麼去質疑明清期間的學者，但心有所疑，就心有不甘，證據又找不到，更加上一人名句，百人引用，幾百年以「幾何」程式增加，於是變成眾口一詞。常云：「單拳難敵四手」，何況是群手呢？不過既是心有不甘，便如骾在咽，不吐不快，於是便將聽過的，讀過的說出來，這篇是我對「我們以前」的最早期形成的我個人觀點，也可算這段落的完結篇。

在此，向所有先輩、前輩、同輩的藝術家、學者致意，我並非質疑攻擊，只是求學者，不明便問，這是學問，我現在將心裏的疑問講出來而已。

後來怎樣？

我們在台上，口白裏常聽到問對方：「後來怎樣？」我寫上一篇是張五祖師爺的末篇，但後來又怎樣呢？從祖師爺來佛山，到李文茂反清，足足一百一十餘年，這段歷史又如何呢？對！這百餘年中，又有甚麼變化呢？我反思好像從未注意過，不單是我，好像很多人心目中都是忽視了，算有記載，也都似交代式的帶過，可能沒有大事發生，於是就不被着墨。

其實我們要找的是這百年間究竟聲腔有沒有變化？因為乾隆、嘉慶、道光年間，也出現了很多關於廣東曲調的描述，但深入研究的，好像未見過，當然不能說我未見過便是沒有。那時代的人，尤其文人，總覺得廣東的唱曲，十分嘈吵粗俗，於是常有將我們撥歸「花部」【二】，而不入「雅部」【三】所以泛指我們唱的是弋陽腔、亂彈腔之類，但流傳至今，我們承襲了梆子腔、二黃腔兩個板腔體系是鐵一般事實，不過我們雖云「花部」，卻保留了《玉皇登殿》、《天姬送子》、《碧天賀壽》、《八仙賀壽》等等崑曲的劇目，至今仍可演出，而弋陽腔就僅僅保留了《六國大封相》一齣而已。當然我聽前輩說，以前是有很多的，如大淨當行演關羽的《壩橋挑袍》及《送嫂》等等，但現在都失傳了。我們亦有很多單段的牌子曲來自崑曲的，如《困谷口》、《三奏》、《救弟》等等數十首，現在保留的卻是崑比弋多，那麼以前將我們定為「花部」，則似乎有些偏頗了罷！

說到聲腔，我們除了「小調」是後來加入之外，還有「大調」，未確切查到出處，將來也應公諸於世，希望有志之士能花些時間，將「大調」源頭追查得到。「大調」是甚麼呢？「大調」是有固定曲譜的曲牌體，有故事、有詞、有段落、有過門，有些還有前奏的，如《貴妃醉酒》、《罵玉郎》、《打掃街》等等。

有人曾傳說：「廣東戲在李文茂反清之前是唱廣府話的，後來因清廷禁廣東戲，才唱官話冒充京劇。」這絕對不成立，第一，我們的祖師爺都不是廣東人，怎教廣東話？第二，太平天國才十三年，而且也不是真的斷絕聲腔，所以不可能產生另一套體系出來的。我們仍視解禁為恢復，而不視為創立，我指的是演出方法。如果深信我們一直到清末民初才有大改革，那麼就是相信從張五到李文茂，從李文茂到解禁，我們都是有梆子腔、二黃腔、崑曲、弋陽腔、大調這五個體系存在。順帶一提，弋陽腔與崑山腔的分別，弋陽是徒歌式，沒有管弦拍和，只有敲擊，崑曲則以吹樂伴奏為主。對弋陽腔還有疑問，它究竟是曲牌體為主？還是板腔體為主？還有就是全國都將弋陽腔稱「高腔」，只有我們與福建小部份劇種稱為「大腔」，又是何解呢？

註解

【一】雜箱：戲班行話，大小道具的統稱，文中的雜箱指負責道具的工作人員。
【二】花部：戲曲名詞，清乾隆時，稱崑曲以外的各地方劇種為「花部」。
【三】雅部：戲曲名詞，清乾隆時，稱崑曲為「雅部」，以別於「花部」。

▲ 粵劇例戲《碧天賀壽》

▲ 粵劇例戲《天姬大送子》

▲ 粵劇例戲《六國大封相》

【第三章】

浴火重生

禁戲歲月與復戲

有話則長無話則短

說起打從張五祖師爺開始，到先賢李文茂反清，這一段百年歲月，就像一般說書：「有話則長，無話則短。」既是外無大事件，內無大變化，我也不加追查了。直到李文茂反清，絕非突然，他只是繼承了祖師爺遺志，反清復明。其中一說，他在佛山起義；一說在廣州起義。佛山起義之說，起義之後攻不下廣州，便轉向西面攻下了不少地方，到後來敗退，便越走越西。歷史上他是戲曲界的民族英雄，更曾封王，鑄錢幣，這也是一件轟天動地的事，雖然他連累了不少人，傷了不少性命，更令行內慘遭滅行大禍，但一直以來從未有戲行人指責過，埋怨過，反覺得身為紅船子弟與有榮焉。

李文茂事蹟記載典籍甚多，翻查不難。有人用陶燒造了一尊李文茂像，現存廣州南越王博物館藏庫之內。我除了見過，還想過借來在沙田的香港文化博物館內展出，供後人瞻仰，但未成事，希望將來可以，以免這位先烈永遠藏在倉庫裏不見天日。

有人說我們的歷史有一段十分空白的時期，就是清廷禁戲之後，大概十年、二十年，很難追尋，因為禁了戲，就算戲行有活動，也都是地下活動。有人說禁了戲，才有歌壇與八音班，此語未敢苟同，因為明清的一般描述都有歌壇的影子，八音班更有說早於我們，所以此說未必成立。後來由被革舉人劉華東教路，「掛羊頭賣狗肉」，成立吉慶公所，承接大小京班，這就是鐵一般的事實，但之前呢？據說虎口餘生的戲班中人，一就留下抗爭到底，但大都壯烈犧牲；一就埋名隱姓，聞說名師蘭桂（鄺新華之師父）就隱居鄉間教學，也教戲。

我也曾隨前新華社部長崔頌明先生到過廣州白雲區太和鎮北村疑是蘭桂師傅當年開辦童子班的顯常書舍，那地方十分值得研究，但另外的戲人呢？究竟又到了哪裏去呢？我在十年前仍在藝術發展局當委員，當然也負責戲曲組的事，與當時香港中文大學音樂系系主任蔡燦煌教授認識，後來他離開了香港中文大學，某日他託當時在西九文化區任職的楊葵找我約見，原來他在澳洲的班迪高（Bendigo）見到一批一百年前的戲服。我起初還不相信，因為這地方，八和會館也曾派員參加他們的復活節遊行，回來的人怎沒提及呢？後來蔡教授把當地金龍博物館的刊物給我看，令我腦子裏產生極大的震盪，真有這麼的一批東西在那裏，於是我便興起了親身去實地查看之念。

百多年前的戲服

從李文茂反清，到吉慶公所成立，當中的歲月，我們行內人怎樣過呢？就算有些秘撈性質的演出，也一定不敢張揚。不敢張揚就等於沒有宣傳，那如何維持呢？雖然雷厲風行了一個時期後，也稍會放鬆的，因為起義的人已經往西進發，不在廣州佛山了，留下來的都應該是順民，況且這麼大的一個行業，忽然滅了行，受影響的人當是成千上萬，從事戲班的人又能轉甚麼行呢？真是到了趕狗入窮巷的話，難保不是打造了一批賊出來，況且我們一向演的戲都是唱中州官話的，與其他地方戲也好像差不多。大概基於此，清廷也就隻眼開隻眼閉了。但不管怎樣，總有初期捱不住，或者不願坐以待斃的人，又有甚麼出路呢？我在二〇一四年從蔡燦煌教授處得到消息，澳洲班迪高（Bendigo）有一批百多年前的戲服，之後在西九文化區的支持下，帶同幾人的團隊到該地的金龍博物館了解。

二〇一五年一月，我與楊葵、曾慕雪、蕭詠儀，一行四眾到了澳洲墨爾本，會合了蔡教授，第二天上午便乘了兩個小時的火車，到達班迪高（Bendigo）埠上，拜訪金龍博物館。主人雖是華人，但都是不會說華語的華人，當然有人翻譯。這一停，停了四天，每天在博物館內翻箱倒篋，翻看百多年前的戲服。這博物館不是為這些珍貴的戲服而建立，卻是為了他們文革前在佛山紮作而成的一條大大的金龍而建。原來該地一向復活節都有巡遊，舞龍舞獅是必然的表演，巡行中便有我們的大八音鑼鼓櫃，當然沒有人真正吹打的了，更有穿起戲服扮成各樣人物的人一齊遊行。從他們的照片中看來，也頗為熱鬧，亦很受民眾歡迎，所以每年復活節，便成為該埠的嘉年華會。

我在館中看到一八五六年的戲服，但為數最多的一批是一八八〇年，有單有據，從廣州訂下運送過去的。單

▲ 我與女兒曾慕雪在查看金龍博物館的粵劇檔案

▲ 我和蔡燦煌、楊葵與館內的工作人員交換意見。

▲ 1927 年巡遊隊伍中的鑼鼓櫃

▲ 1930 年的巡遊隊伍

▲ 1950 年大金山巡遊舊照片

據上寫上有一百箱，當然不是大戲箱那麼大的箱，但一百箱也非常豐富。按理這些東西，我也是不認識的，因為我出身時，台上的戲服已變了樣，猶幸我還見過不少舊照片，也有很多前輩給我看過實物，例如少鳳三舅父（靚少鳳）給我看他的沒甩袖的窄袖海青，陶三姑前輩給我看過她的虎渡門（門簾），於是從各叔父前輩口中、照片中、實物中，我也算知道甚麼是搖嘴鞋？甚麼是結子？甚麼是縐紗帶？這些東西一一在眼前出現，最早一件是一八五六年的，更有幾份一八五八至一八六六年的當地報章，當然是英文的，記載着墨爾本的記者去班迪高（Bendigo）看戲，說甚麼大篷帳幕，音樂員坐在正中，有鑼鼓，演大概甚麼故事，令我一開眼界。我在目迷五色之下，不禁心中懷疑，當地人在一八五六年便由中國大陸的廣東請戲班去演出，當時應該算是大陣仗的了吧！到我得知該地原來又稱「大金山」，是有金礦的，等如三藩市也叫做「金山」一樣，於是我想一定是廣東人去了做礦工賺到錢，想有娛樂，更欲一慰思鄉之情，於是便從廣東請戲班去演出，到我回港後，慢慢對上年份，才發覺未必盡然！

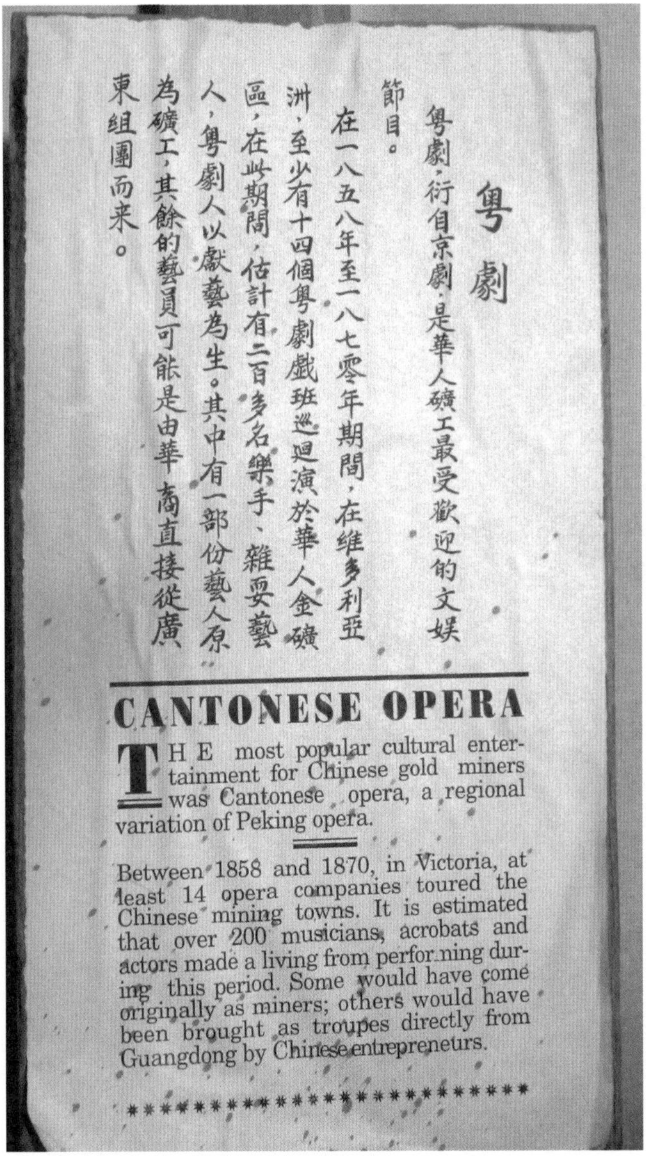
粵劇
粵劇,衍自京劇,是華人礦工最受歡迎的文娛
節目。
在一八五八年至一八七零年期間,在维多利亞
洲,至少有十四個粵劇戲班巡廻演於華人金礦
區,在此期間,估計有二百多名樂手、雜耍藝
人,粵劇人以獻藝為生。其中有一部份藝人原
為礦工,其餘的藝員可能是由華裔直接從廣
東組團而来。
CANTONESE OPERA
THE most popular cultural entertainment for Chinese gold miners was Cantonese opera, a regional variation of Peking opera.
Between 1858 and 1870, in Victoria, at least 14 opera companies toured the Chinese mining towns. It is estimated that over 200 musicians, acrobats and actors made a living from performing during this period. Some would have come originally as miners; others would have been brought as troupes directly from Guangdong by Chinese entrepreneurs.

▲粵劇是 1858 - 1870 年間華人礦工最受歡迎的文娛節目

▲ 百多年前的鑼鼓櫃 （金龍博物館的珍貴粵劇藏品）

◄百多年前的鑼鼓（金龍博物館的珍貴粵劇藏品）

►1880 年的響螺號角（金龍博物館的珍貴粵劇藏品）

▲ 百多年前的大鈸（金龍博物館的珍貴粵劇藏品）

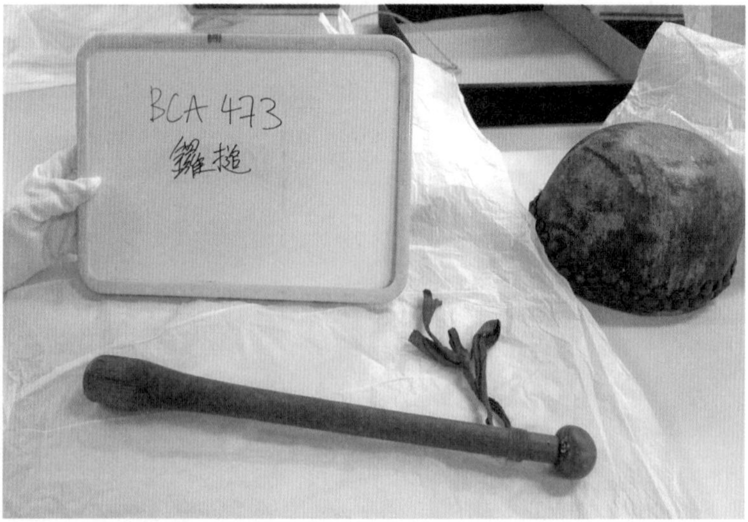

▲ 百多年前的鑼槌（金龍博物館的珍貴粵劇藏品）

▲ 百多年前的中軍帽（金龍博物館的珍貴粵劇藏品）

▲ 1880 年的紗帽（金龍博物館的珍貴粵劇藏品）

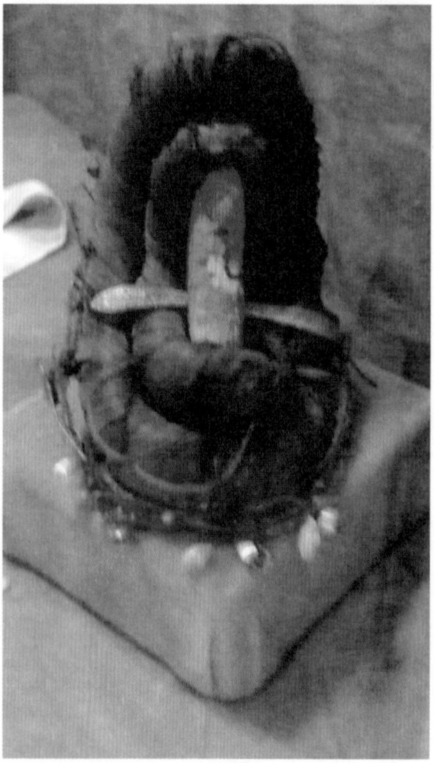

▲ 百多年前的女裝髮髻
（金龍博物館的珍貴粵劇藏品）

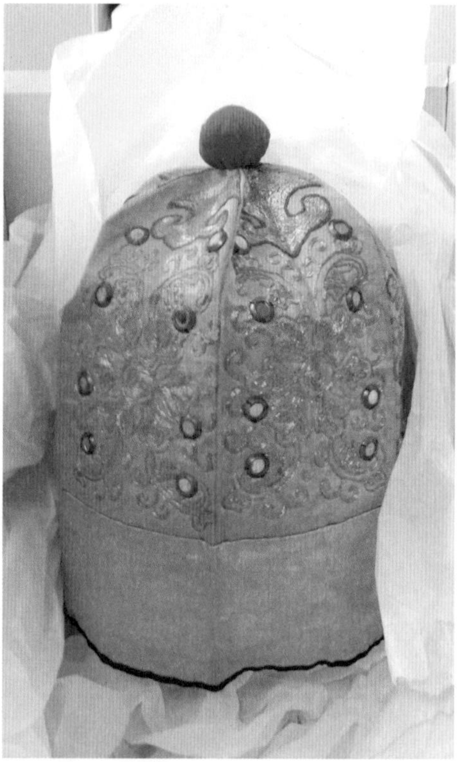

▲ 百多年前的蓮子帽
（金龍博物館的珍貴粵劇藏品）

▲ 百多年前的縐紗帶（金龍博物館的珍貴粵劇藏品）

▲ 百多年前的結子（金龍博物館的珍貴粵劇藏品）

▲ 百多年前的御扇（金龍博物館的珍貴粵劇藏品）

▲ 金龍博物館的珍貴粵劇藏品——平天冠

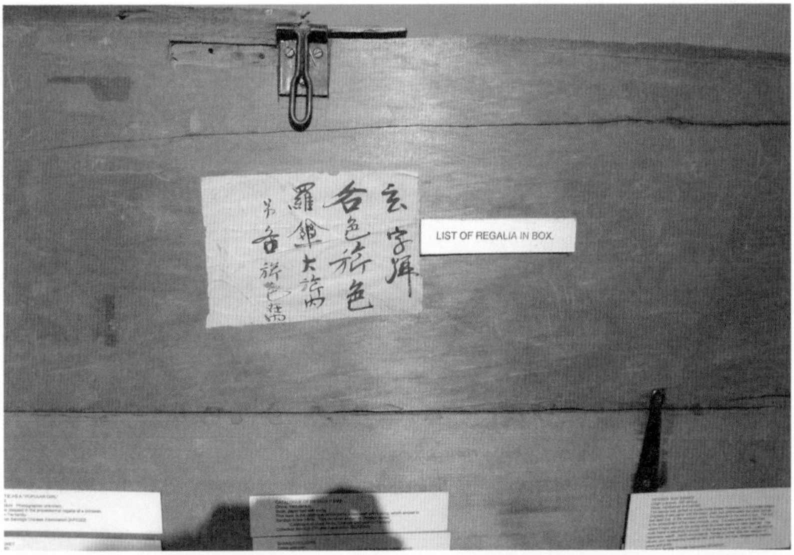

▲ 金龍博物館的珍貴粵劇藏品——1880 年由廣州運載服裝往澳洲的木箱

▲ 百多年前的仙巾及腳搖（金龍博物館的珍貴粵劇藏品）

▲ 百多年前的草帽（金龍博物館的珍貴粵劇藏品）

▲ 1880 年的搖嘴鞋（金龍博物館的珍貴粵劇藏品）

絕處求生

在澳洲金龍博物館看到的戲服，驚喜之餘，更會想想這批東西，因何到此？這是人之常情，不過我在查看年份，則恍然大悟！李文茂不是在一八五四年起義嗎？那麼一八五六年的戲班，從哪裏請來的呢？清廷禁戲之後，怎會還有戲班接受邀請去澳洲？當時應該是最初兩三年，是最風頭火勢的時期，怎會有戲班到澳洲演出呢？但不管是金龍博物館的證據，真的是從一八五六年開始，究竟當年發生了甚麼事？後來我再三分析，廣州佛山在清廷禁戲之下，當然沒有戲班，更莫說接受外國聘請，不過會不會是戲班人無路可逃之際，想盡辦法逃離中國？這絕對是大有可能！姑無論由澳洲華僑聘請，還是他們欲逃出虎口，但怎樣去呢？由一張通告顯示，當時從香港去墨爾本，船程是六十六天。他們也未必能到香港，到了香港也未必能帶着一班的戲服、鑼鼓等等，拋江過海的去澳洲。在我反覆思量後，覺得他們可能先從陸路出發，你們會以為我開玩笑，行路去澳洲？行路過南太平洋？我不是說走陸路可到澳洲，但你細看地圖，從佛山或廣州西行，因為李文茂也是西行，從陸路經廣州灣，即湛江，入廣西，廣西雲南下面就是越南。二次世界大戰的時候，很多我們的前輩就是沿着這條路到了越南。我在一九五七年到越南演出，當時在越南的行家大多數就是從那條路到越南的，奇哥李奇峰先生便是其中一位。當然到了越南，不代表能到澳洲，但你從地圖細看，看越南下面是泰國，泰國下面是馬來亞，馬來亞下面是新加坡，新加坡下面過一丁點海便是印度尼西亞，即印尼，印尼是由很多島嶼形成的國家，而島與島之間，水程不太遠，一島連一島，最南的島嶼與澳洲距離就比較近了，所以當時的戲班是逃難逃到澳洲，一點也不奇。

還有澳洲的班迪高（Bendigo）埠設有洪門致公堂，如今還在，更有革命時期的記載，該埠還有葬着革命先烈的墳場。在這種種證據的啟示，我相信當時的戲班是逃難過去的。後來反清的太平天國失敗後，無數義士逃到該埠，終老於斯，後來就算是任何一次反清失敗，都有志士逃到該埠，所以該埠的華人墓地，也不知有多少先烈，長眠在那裏。可惜我不是研究該段歷史的人，所以到了墓園也只是致敬瞻仰，並無甚麼歷史研究的得着。

記得我回來後，羅卡兄對我說，有一本著作曾說美國三藩市第一班戲班是從澳大利亞去的，如果屬實，則更有理據，廣東班出外第一站是澳洲班迪高（Bendigo），這段事蹟足為我們吉慶公所成立前的空白補上一筆。

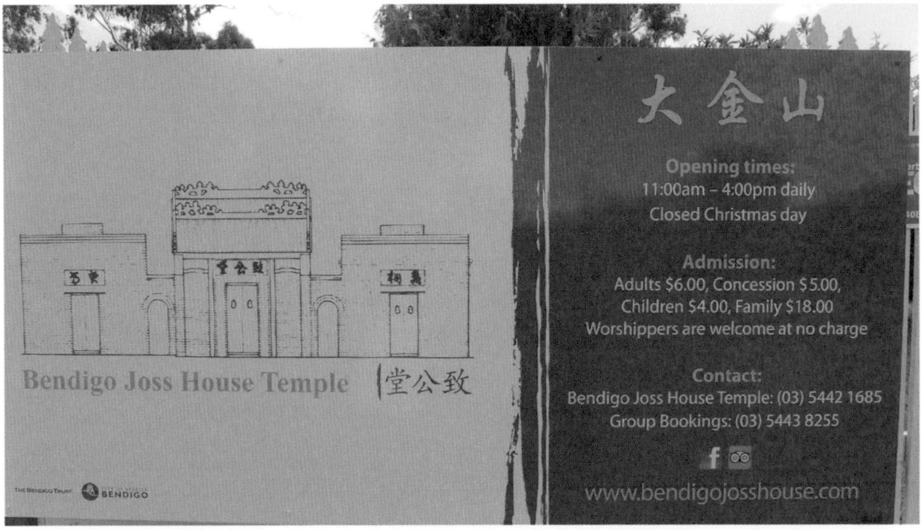

▲ 大金山致公堂指示牌

▲ 金山中國歷史墳場告示牌——側面反映了 1850 年代中國人在班迪高（舊譯「本地哥」）的生活情況

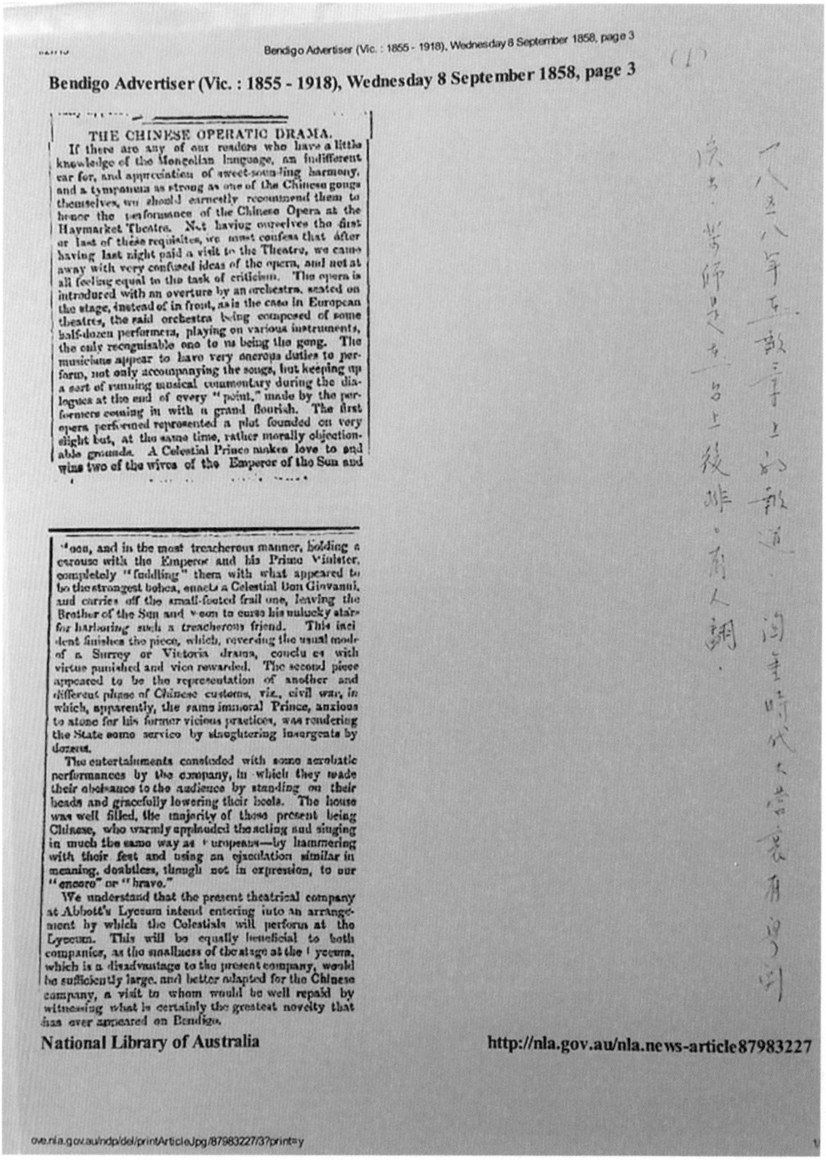

Bendigo Advertiser (Vic. : 1855 - 1918), Wednesday 8 September 1858, page 3

Bendigo Advertiser (Vic. : 1855 - 1918), Wednesday 8 September 1858, page 3

THE CHINESE OPERATIC DRAMA.

If there are any of our readers who have a little knowledge of the Mongolian language, an indifferent ear for, and appreciation of sweet-sounding harmony, and a tympanum as strong as one of the Chinese gongs themselves, we should earnestly recommend them to honor the performance of the Chinese Opera at the Haymarket Theatre. Not having ourselves the first or last of these requisites, we must confess that after having last night paid a visit to the Theatre, we came away with very confused ideas of the opera, and not at all feeling equal to the task of criticism. The opera is introduced with an overture by an orchestra, seated on the stage, instead of in front, as is the case in European theatres, the said orchestra being composed of some half-dozen performers, playing on various instruments, the only recognisable one to us being the gong. The musicians appear to have very onerous duties to perform, not only accompanying the songs, but keeping up a sort of running musical commentary during the dialogues at the end of every "point," made by the performers coming in with a grand flourish. The first opera performed represented a plot founded on very slight but, at the same time, rather morally objectionable grounds. A Celestial Prince makes love to and wins two of the wives of the Emperor of the Sun and Moon, and in the most treacherous manner, holding a carouse with the Emperor and his Prime Minister, completely "fuddling" them with what appeared to be the strongest bohea, enacts a Celestial Don Giovanni, and carries off the small-footed frail one, leaving the Brother of the Sun and Moon to curse his unlucky stars for harboring such a treacherous friend. This incident finishes the piece, which, reversing the usual mode of a Surrey or Victoria drama, concludes with virtue punished and vice rewarded. The second piece appeared to be the representation of another and different phase of Chinese customs, viz., civil war, in which, apparently, the same immoral Prince, anxious to atone for his former vicious practices, was rendering the State some service by slaughtering insurgents by dozens.

The entertainments concluded with some acrobatic performances by the company, in which they made their obeisance to the audience by standing on their heads and gracefully lowering their heels. The house was well filled, the majority of those present being Chinese, who warmly applauded the acting and singing in much the same way as Europeans—by hammering with their feet and using an ejaculation similar in meaning, doubtless, though not in expression, to our "encore" or "bravo."

We understand that the present theatrical company at Abbott's Lyceum intend entering into an arrangement by which the Celestials will perform at the Lyceum. This will be equally beneficial to both companies, as the smallness of the stage at the Lyceum, which is a disadvantage to the present company, would be sufficiently large, and better adapted for the Chinese company, a visit to whom would be well repaid by witnessing what is certainly the greatest novelty that has ever appeared on Bendigo.

National Library of Australia

http://nla.gov.au/nla.news-article87983227

ove.nla.gov.au/ndp/del/printArticleJpg/87983227/3?print=y

▲ 1858 年 9 月 8 日的英文報章報道淘金時代大營裏有粵劇演出

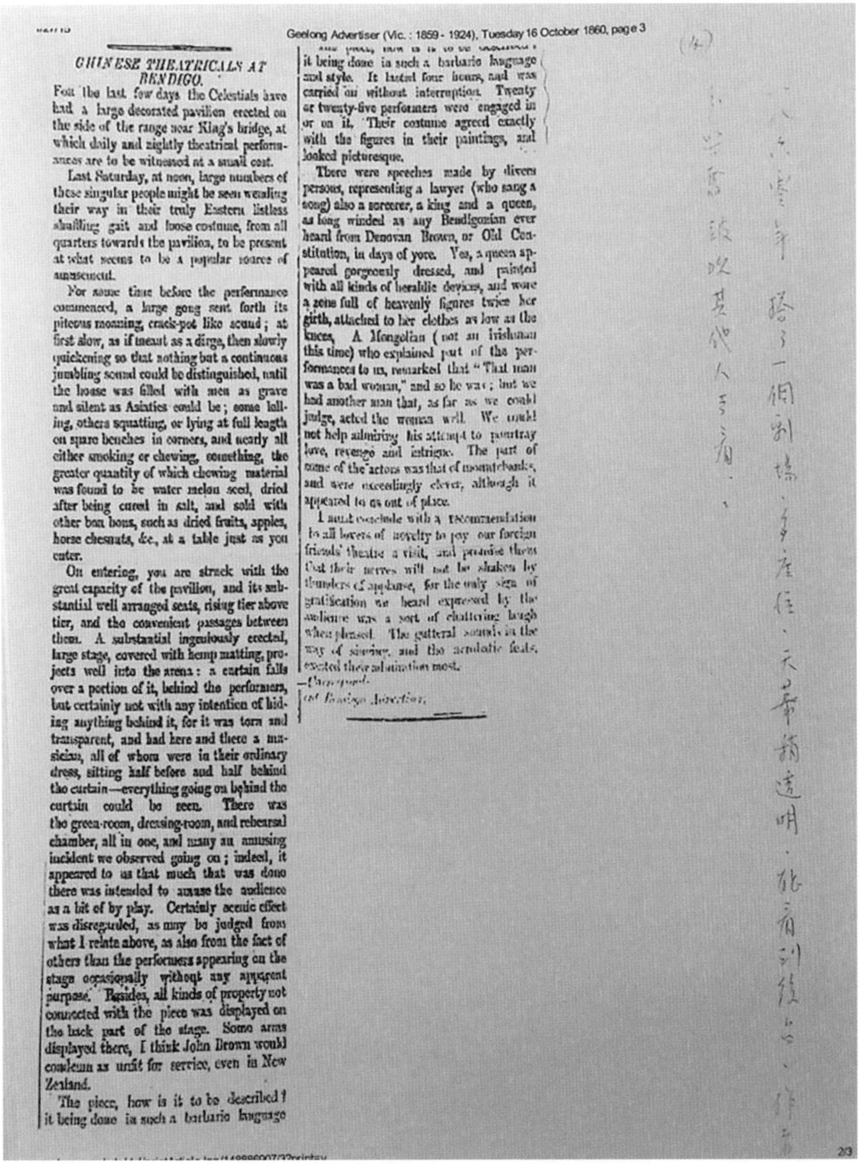

Geelong Advertiser (Vic. : 1859 - 1924), Tuesday 16 October 1860, page 3

CHINESE THEATRICALS AT BENDIGO.

For the last few days the Celestials have had a large decorated pavilion erected on the side of the range near King's bridge, at which daily and nightly theatrical performances are to be witnessed at a small cost.

Last Saturday, at noon, large numbers of these singular people might be seen wending their way in their truly Eastern listless shuffling gait and loose costume, from all quarters towards the pavilion, to be present at what seems to be a popular source of amusement.

For some time before the performance commenced, a large gong sent forth its piteous moaning, crack-pot like sound; at first slow, as if meant as a dirge, then slowly quickening so that nothing but a continuous jumbling sound could be distinguished, until the house was filled with men as grave and silent as Asiatics could be; some lolling, others squatting, or lying at full length on spare benches in corners, and nearly all either smoking or chewing, something, the greater quantity of which chewing material was found to be water melon seed, dried after being cured in salt, and sold with other bon bons, such as dried fruits, apples, horse chesnuts, &c., at a table just as you enter.

On entering, you are struck with the great capacity of the pavilion, and its substantial well arranged seats, rising tier above tier, and the convenient passages between them. A substantial ingeniously erected, large stage, covered with hemp matting, projects well into the arena: a curtain falls over a portion of it, behind the performers, but certainly not with any intention of hiding anything behind it, for it was torn and transparent, and had here and there a musician, all of whom were in their ordinary dress, sitting half before and half behind the curtain—everything going on behind the curtain could be seen. There was the green-room, dressing-room, and rehearsal chamber, all in one, and many an amusing incident we observed going on; indeed, it appeared to us that much that was done there was intended to amuse the audience as a bit of by play. Certainly scenic effect was disregarded, as may be judged from what I relate above, as also from the fact of others than the performers appearing on the stage occasionally without any apparent purpose. Besides, all kinds of property not connected with the piece was displayed on the back part of the stage. Some arms displayed there, I think John Brown would condemn as unfit for service, even in New Zealand.

The piece, how is it to be described? it being done in such a barbaric language and style. It lasted four hours, and was carried on without interruption. Twenty or twenty-five performers were engaged in or on it. Their costume agreed exactly with the figures in their paintings, and looked picturesque.

There were speeches made by divers persons, representing a lawyer (who sang a song) also a sorcerer, a king and a queen, as long winded as any Bendigonian ever heard from Denovan Brown, or Old Constitution, in days of yore. Yes, a queen appeared gorgeously dressed, and painted with all kinds of heraldic devices, and wore a zone full of heavenly figures twice her girth, attached to her clothes as low as the knees. A Mongolian (not an Irishman this time) who explained part of the performances to us, remarked that "That man was a bad woman," and so he was; but we had another man that, as far as we could judge, acted the woman well. We could not help admiring his attempt to portray love, revenge and intrigue. The part of some of the actors was that of mountebanks, and were exceedingly clever, although it appeared to us out of place.

I must conclude with a recommendation to all lovers of novelty to pay our foreign friends' theatre a visit, and promise them that their nerves will not be shaken by thunders of applause, for the only sign of gratification we heard expressed by the audience was a sort of chattering laugh when pleased. The gutteral sounds in the way of singing, and the acrobatic feats, excited their admiration most.

—Correspondent of Bendigo Advertiser.

2/3

▲ 1860 年 10 月 16 日的英文報章記載當時搭了一個劇場的情況

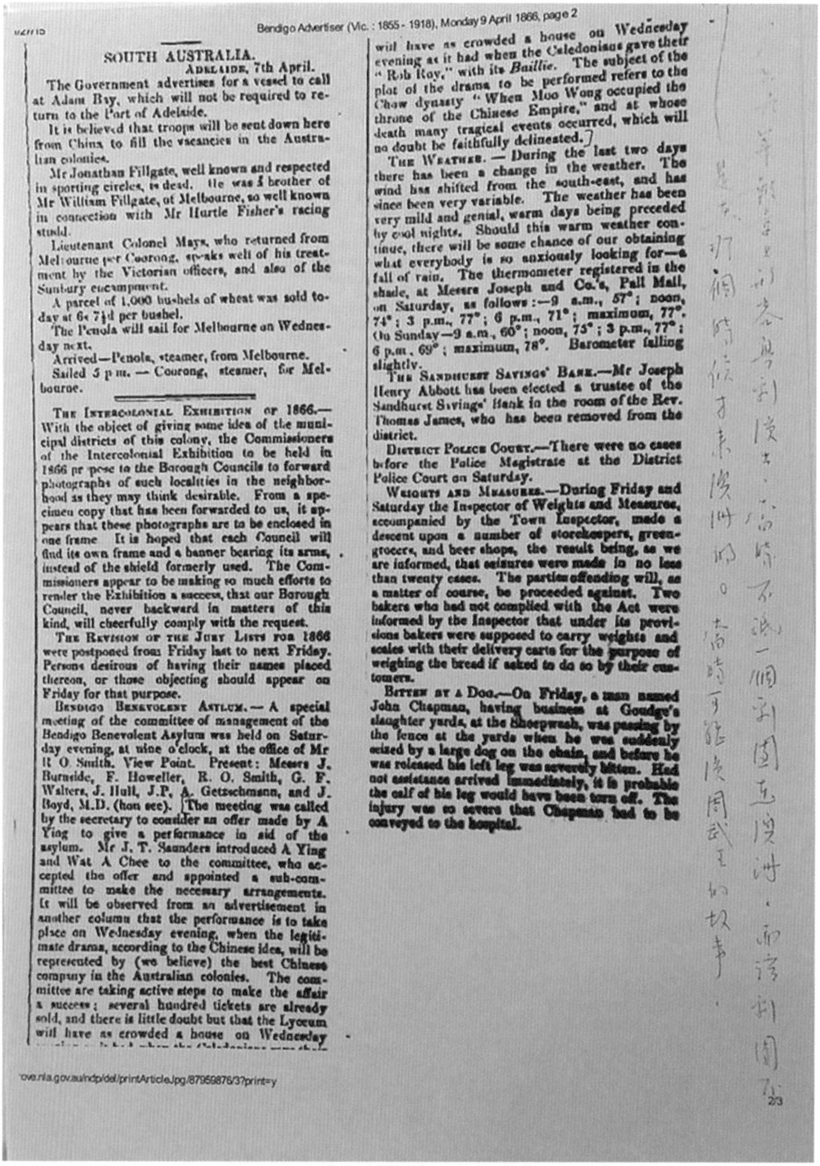

uz//15 Bendigo Advertiser (Vic. : 1855 - 1918), Monday 9 April 1866, page 2

SOUTH AUSTRALIA.

ADELAIDE, 7th April.

The Government advertises for a vessel to call at Adam Bay, which will not be required to return to the Port of Adelaide.

It is believed that troops will be sent down here from China to fill the vacancies in the Australian colonies.

Mr Jonathan Fillgate, well known and respected in sporting circles, is dead. He was a brother of Mr William Fillgate, of Melbourne, so well known in connection with Mr Hurtle Fisher's racing studd.

Lieutenant Colonel Mays, who returned from Melbourne per Coorong, speaks well of his treatment by the Victorian officers, and also of the Sunbury encampment.

A parcel of 1,000 bushels of wheat was sold to-day at 6s 7½d per bushel.

The Penola will sail for Melbourne on Wednesday next.

Arrived—Penola, steamer, from Melbourne.

Sailed 5 p m. — Coorong, steamer, for Melbourne.

THE INTERCOLONIAL EXHIBITION OF 1866.—With the object of giving some idea of the municipal districts of this colony, the Commissioners of the Intercolonial Exhibition to be held in 1866 propose to the Borough Councils to forward photographs of such localities in the neighborhood as they may think desirable. From a specimen copy that has been forwarded to us, it appears that these photographs are to be enclosed in one frame. It is hoped that each Council will find its own frame and a banner bearing its arms, instead of the shield formerly used. The Commissioners appear to be making so much efforts to render the Exhibition a success, that our Borough Council, never backward in matters of this kind, will cheerfully comply with the request.

THE REVISION OF THE JURY LISTS FOR 1866 were postponed from Friday last to next Friday. Persons desirous of having their names placed thereon, or those objecting should appear on Friday for that purpose.

BENDIGO BENEVOLENT ASYLUM.—A special meeting of the committee of management of the Bendigo Benevolent Asylum was held on Saturday evening, at nine o'clock, at the office of Mr R O Smith, View Point. Present: Messrs J. Burnside, F. Howeller, R. O. Smith, G. F. Walters, J. Hull, J.P, A. Getzschmann, and J. Boyd, M.D. (hon sec). [The meeting was called by the secretary to consider an offer made by A Ying to give a performance in aid of the asylum. Mr J. T. Saunders introduced A Ying and Wat A Chee to the committee, who accepted the offer and appointed a sub-committee to make the necessary arrangements. It will be observed from an advertisement in another column that the performance is to take place on Wednesday evening, when the legitimate drama, according to the Chinese idea, will be represented by (we believe) the best Chinese company in the Australian colonies. The committee are taking active steps to make the affair a success; several hundred tickets are already sold, and there is little doubt but that the Lyceum will have as crowded a house on Wednesday

will have as crowded a house on Wednesday evening as it had when the Caledonians gave their "Rob Roy," with its *Baillie*. The subject of the plot of the drama to be performed refers to the Chow dynasty "When Moo Wong occupied the throne of the Chinese Empire," and at whose death many tragical events occurred, which will no doubt be faithfully delineated.]

THE WEATHER.—During the last two days there has been a change in the weather. The wind has shifted from the south-east, and has since been very variable. The weather has been very mild and genial, warm days being preceded by cool nights. Should this warm weather continue, there will be some chance of our obtaining what everybody is so anxiously looking for—a fall of rain. The thermometer registered in the shade, at Messrs Joseph and Co.'s, Pall Mall, on Saturday, as follows:—9 a.m., 57°; noon, 74°; 3 p.m., 77°; 6 p.m., 71°; maximum, 77°. On Sunday—9 a.m., 60°; noon, 75°; 3 p.m., 77°; 6 p.m., 69°; maximum, 78°. Barometer falling slightly.

THE SANDHURST SAVINGS' BANK.—Mr Joseph Henry Abbott has been elected a trustee of the Sandhurst Savings' Bank in the room of the Rev. Thomas James, who has been removed from the district.

DISTRICT POLICE COURT.—There were no cases before the Police Magistrate at the District Police Court on Saturday.

WEIGHTS AND MEASURES.—During Friday and Saturday the Inspector of Weights and Measures, accompanied by the Town Inspector, made a descent upon a number of storekeepers, greengrocers, and beer shops, the result being, as we are informed, that seizures were made in no less than twenty cases. The parties offending will, as a matter of course, be proceeded against. Two bakers who had not complied with the Act were informed by the Inspector that under its provisions bakers were supposed to carry weights and scales with their delivery carts for the purpose of weighing the bread if asked to do so by their customers.

BITTEN BY A DOG.—On Friday, a man named John Chapman, having business at Goudge's slaughter yards, at the Sheepwash, was passing by the fence at the yards when he was suddenly seized by a large dog on the chain, and before he was released his left leg was severely bitten. Had not assistance arrived immediately, it is probable the calf of his leg would have been torn off. The injury was so severe that Chapman had to be conveyed to the hospital.

trove.nla.gov.au/ndp/del/printArticleJpg/87959876/3?print=y 2/3

▲ 1866 年 4 月 9 日的英文報章記載了粵劇演出情況

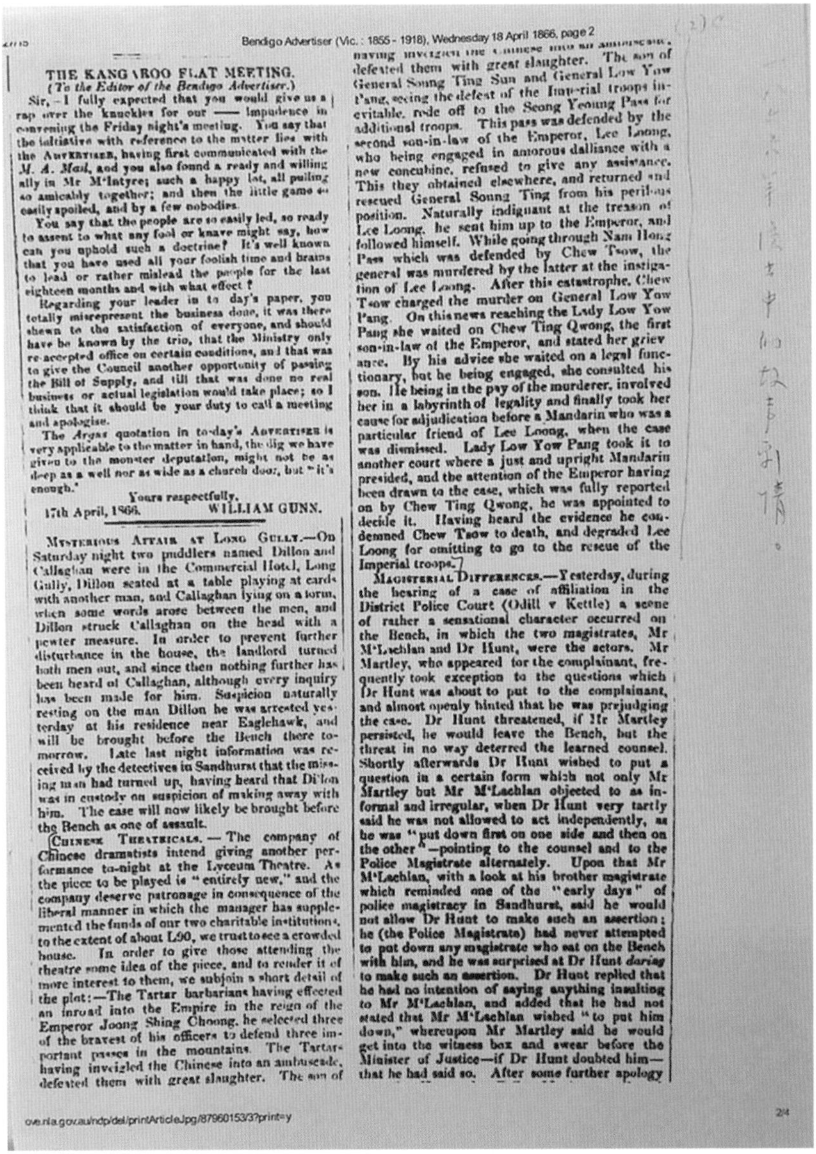

Bendigo Advertiser (Vic. : 1855 - 1918), Wednesday 18 April 1866, page 2

THE KANGAROO FLAT MEETING.

(To the Editor of the Bendigo Advertiser.)

Sir,—I fully expected that you would give us a rap over the knuckles for our —— impudence in convening the Friday night's meeting. You say that the initiative with reference to the matter lies with the ADVERTISER, having first communicated with the *M. A. Mail*, and you also found a ready and willing ally in Mr M'Intyre; such a happy lot, all pulling so amicably together; and then the little game so easily spoiled, and by a few nobodies.

You say that the people are so easily led, so ready to assent to what any fool or knave might say, how can you uphold such a doctrine? It's well known that you have used all your foolish time and brains to lead or rather mislead the people for the last eighteen months and with what effect?

Regarding your leader in to day's paper, you totally misrepresent the business done, it was there shewn to the satisfaction of everyone, and should have be known by the trio, that the Ministry only re-accepted office on certain conditions, and that was to give the Council another opportunity of passing the Bill of Supply, and till that was done no real business or actual legislation would take place; so I think that it should be your duty to call a meeting and apologise.

The *Argus* quotation in to-day's ADVERTISER is very applicable to the matter in hand, the dig we have given to the monster deputation, might not be as deep as a well nor as wide as a church door, but "it's enough."

Yours respectfully,

17th April, 1866. WILLIAM GUNN.

MYSTERIOUS AFFAIR AT LONG GULLY.—On Saturday night two puddlers named Dillon and Callaghan were in the Commercial Hotel, Long Gully, Dillon seated at a table playing at cards with another man, and Callaghan lying on a form, when some words arose between the men, and Dillon struck Callaghan on the head with a pewter measure. In order to prevent further disturbance in the house, the landlord turned both men out, and since then nothing further has been heard of Callaghan, although every inquiry has been made for him. Suspicion naturally resting on the man Dillon he was arrested yesterday at his residence near Eaglehawk, and will be brought before the Bench there to-morrow. Late last night information was received by the detectives in Sandhurst that the missing man had turned up, having heard that Dillon was in custody on suspicion of making away with him. The case will now likely be brought before the Bench as one of assault.

CHINESE THEATRICALS.—The company of Chinese dramatists intend giving another performance to-night at the Lyceum Theatre. As the piece to be played is "entirely new," and the company deserve patronage in consequence of the liberal manner in which the manager has supplemented the funds of our two charitable institutions, to the extent of about L90, we trust to see a crowded house. In order to give those attending the theatre some idea of the piece, and to render it of more interest to them, we subjoin a short detail of the plot:—The Tartar barbarians having effected an inroad into the Empire in the reign of the Emperor Joong Shing Choong, he selected three of the bravest of his officers to defend three important passes in the mountains. The Tartars having inveigled the Chinese into an ambuscade, defeated them with *great* slaughter. The son of General Soung Ting Sun and General Low Yow Pang, seeing the defeat of the Imperial troops inevitable, rode off to the Seong Yeoung Pass for additional troops. This pass was defended by the second son-in-law of the Emperor, Lee Loong, who being engaged in amorous dalliance with a new concubine, refused to give any assistance. This they obtained elsewhere, and returned and rescued General Soung Ting from his perilous position. Naturally indignant at the treason of Lee Loong, he sent him up to the Emperor, and followed himself. While going through Nam Hong Pass which was defended by Chew Tsow, the general was murdered by the latter at the instigation of Lee Loong. After this catastrophe, Chew Tsow charged the murder on General Low Yow Pang. On this news reaching the Lady Low Yow Pang she waited on Chew Ting Qwong, the first son-in-law of the Emperor, and stated her grievance. By his advice she waited on a legal functionary, but he being engaged, she consulted his son. He being in the pay of the murderer, involved her in a labyrinth of legality and finally took her cause for adjudication before a Mandarin who was a particular friend of Lee Loong, when the case was dismissed. Lady Low Yow Pang took it to another court where a just and upright Mandarin presided, and the attention of the Emperor having been drawn to the case, which was fully reported on by Chew Ting Qwong, he was appointed to decide it. Having heard the evidence he condemned Chew Tsow to death, and degraded Lee Loong for omitting to go to the rescue of the Imperial troops.

MAGISTERIAL DIFFERENCES.—Yesterday, during the hearing of a case of affiliation in the District Police Court (Odill v Kettle) a scene of rather a sensational character occurred on the Bench, in which the two magistrates, Mr M'Lachlan and Dr Hunt, were the actors. Mr Martley, who appeared for the complainant, frequently took exception to the questions which Dr Hunt was about to put to the complainant, and almost openly hinted that he was prejudging the case. Dr Hunt threatened, if Mr Martley persisted, he would leave the Bench, but the threat in no way deterred the learned counsel. Shortly afterwards Dr Hunt wished to put a question in a certain form which not only Mr Martley but Mr M'Lachlan objected to as informal and irregular, when Dr Hunt very tartly said he was not allowed to act independently, as he was "put down first on one side and then on the other"—pointing to the counsel and to the Police Magistrate alternately. Upon that Mr M'Lachlan, with a look at his brother magistrate which reminded one of the "early days" of police magistracy in Sandhurst, said he would not allow Dr Hunt to make such an assertion; he (the Police Magistrate) had never attempted to put down any magistrate who sat on the Bench with him, and he was surprised at Dr Hunt *daring* to make such an assertion. Dr Hunt replied that he had no intention of saying anything insulting to Mr M'Lachlan, and added that he had not stated that Mr M'Lachlan wished "to put him down," whereupon Mr Martley said he would get into the witness box and swear before the Minister of Justice—if Dr Hunt doubted him—that he had said so. After some further apology

ove.nla.gov.au/ndp/del/printArticleJpg/87960153/3?print=y

2/4

▲ 1866 年 4 月 18 日的英文報章記載演出中的故事劇情

一線生機

稍有涉獵我們廣東戲歷史的朋友，相信都聽說過李文茂反清，清廷禁戲之後，被革舉人劉華東提議戲行人「掛羊頭賣狗肉」，成立吉慶公所，承接大小京班，繼續演出，以維持生計。後因花旦勾鼻章入兩廣總督府賀太夫人壽誕，演《貴妃醉酒》，太夫人收他為誼女，之後常在總督府出入，久而久之，戲行人便請其向太夫人請求，由兩廣總督上本朝廷，希望將廣東戲解禁，後來獲慈禧太后批下上諭，恢復廣東戲演出，才有八和會館。這段事跡，我得仔細與大家再說一遍。

首先掛着京班的招牌入總督府唱堂會，在舊社會裏，不同現在。現在的堂會，大部份不是當紅的伶人參與，因為當紅的演員，都不肯參與堂會的演出；而在清代，最大的班，最紅的演員，也會接受堂會的邀請，京班也一樣。京劇界伶界大王譚派鼻祖譚鑫培先生、梅蘭芳先生，也一樣演出堂會，所以當時演堂會並不出奇，而且在幸免於難的情形下，哪敢不順從官府。

說到演員方面，花旦名勾鼻章，不要說是外行人，就是我初聽這故事，也不斷追問前輩，那勾鼻章叫甚麼名字？答案就是勾鼻章，還有甚麼名字？我想就算這位前輩長相是勾鼻，但演旦行的，一定會改個好聽一點的名字吧！怎會有個演花旦的名字改做勾鼻章？此事起碼十年八載，打不破這個悶葫蘆，後來對歷史稍有認識，才發覺原來是我們的辛酸史之一。因為戲行人是下九流，會被逐出族的，即是同族的人不認你，在族譜上你也被除名，所以戲行中人連姓都不敢告知外人。戲單之上，花旦之下，只有一個「章」字，或寫着「阿章」之類，後期查得勾鼻章先輩姓何名章，沙灣人氏，他那次進府演戲，演的是《貴妃醉酒》。當然不是唱京戲，我們的梆子及二黃的劇目，又未聽過有《貴妃醉酒》，相信就是演未知來歷的大曲，因為京戲的《貴妃醉酒》是唱四平調的，我們除了大曲外，沒查到有《貴妃醉酒》這戲。

據說看戲的過程中，那位太夫人忽然有所感觸，痛哭起來，離座而去，此舉嚇得在場陪着看戲的人不知所措，而戲班中人更十分惶恐，怕是有甚麼開罪了這位太夫人。散場後當然個個如坐針氈，後來主人家卻派人到後台，邀請勾鼻章入廳堂陪太夫人晚膳。這一驚非同小可，戲行人多不敢與大官員同膳，而且總督大人不在府上，而這位花旦本是男人，因那時分男班女班，男女是不許同班同台的。那個年代的禮教多嚴謹，但又不敢推辭，更有為難者，就是太夫人要這旦角穿女服相見。一個大男人演戲歸演戲，平時怎能穿上女裝，當然想推卻，但礙於官府體面，左右兩難。還是該班的武生新華勸說，以大局為重，於是這位勾鼻章前輩便只得順從。誰知酒席筵前，太夫人說他的女兒身故了，她憶女成疾，眼見勾鼻章十分像她的亡女，必要將之收為誼女。唉！明明是個男人，卻不得不認作人家的誼女，你說有多難受！但當時的社會，誰也不敢違抗朝廷，無奈為了戲行人，不敢再得罪官府，只得依從。從那時起，勾鼻章這位前輩便經常出入於兩廣總督府了，他的身份是太夫人的誼女，也就是兩廣總督瑞麟的誼妹，身價提升何止百倍。就此過了一段時期，他才敢將班中兄弟意欲請總督上表朝廷，將廣東戲解禁的事，稟知他的誼母。幸好老人家一口答應，由她說服兒子瑞麟上本朝廷，是由慈禧太后手批照准的，於是便玉成了解禁，令我們行內得以中興，設立了八和會館，打造一切規模，創造一番新景象。

八和會館

我們到了成立八和會館以後，一切重新組織，當然因應當時的環境而設計的，現在不管是從文獻的記載，或是前輩們的口述，都是很有規模，而且擁有權力，單舉兩件事，大家便明白。如果我們落鄉演神功戲，演罷主會不找清戲金，我們戲班完場時便不演封台加官，這是對當地鄉民表示未清戲金；其二，甚至將該鄉祠堂分豬肉的大鑼取去，在大鑼上寫明是某某鄉的，也註明欠多少戲金。該鄉如果想再請戲班演出，必須先付清上次所欠，才能把大鑼取回及請得戲班演戲。

第二件事，如果八和子弟違反戲行規矩，當然是指嚴重違規，會館會明令將其逐出戲行，此令一出，所有班都會遵守命令，此人無班可落，要就離開省城，走到窮鄉僻壤，搭一些細班，或過埠演出，甚至因此轉行。憑這兩則，便可見當時廣州八和會館的威信。

八和成立後的二三事，如八和組織，會館內的分配，有甚麼設備，架構的圖表，經國內及香港的前輩及專家分別陳述，已表達出來，就連紅船的鋪位，圖則都一一地繪製成圖表，在香港文化博物館裏都能見到。好像香港的前輩新金山貞先生、諸森先生，他們的口述都是我們可信賴的，而這些資料大家不難找到的，在此我亦可將粵劇歷史的質疑告一段落了。

至於香港八和會館，從前呼為八和會館香港分會，其實也沒有正式成立，相信也未是註冊團體，因為一直以來，我們的同行都是在省港各地來來往往，大家都覺得沒必要在香港另立會館。直到一九五一年後，省與港封了關，不得自由來往，才令留在香港的粵劇界從業員，認真考慮是否應在港設立八和會館。經各前輩商量後，在一九五三年正式註冊，但有一件事未必有人知道的，就是我們的註冊十分平常，只是會所註冊，不是工會，不是商會，也不是總會，是一個沒有權力的會所。為甚麼是這樣的呢？不是工會，不是商會，是可以理解的，因為我們東家西家都在會內，但為甚麼不是總會呢？其實那時註冊不論是商會、工會，還是總會，也必須表明政治立場，你扯的旗是五星旗，還是青天白日滿地紅，你慶祝的國慶是十月一日，還是十月十日，連招牌也分藍白色，還是紅黃色，香港當時的政治部非常嚴謹的。我們的創會前輩鑑於省港藝人骨肉相連，怎去劃分呢？於是放棄了總會這名稱，當中的苦心，今日又有誰知曉？還有人説英國殖民時代，香港政治絕對自由。唉！一言難盡！

香港八和會館的歷史容易查到，但好像漏了一件大事，就是一九五九年關德興前輩任主席時，發起修復《玉皇登殿》，那時已經説失傳了，集全行力量才可重現於舞台，為我們保留了這例戲，衷心感謝。

▲ 供奉於八和粵劇學院的「華光大帝」神像

【第四章】

尋根之旅

二黃探源

江西行

我國自宋元以來，戲曲大盛，如宋末南戲、金院本元雜劇、明清傳奇，以至各地方戲，可謂作手如雲，劇本如雨，聲腔衍生更多如天上繁星，而追本求源之史料，則少之又少。在古代雖或有帝皇將相喜愛，但亦只視作娛樂消閒之舉，故歷古以還，有識之士多亦不屑談之，連四庫全書中亦無片言隻字提及戲曲歷史。元雜劇天王關漢卿連名也尋不到，漢卿只是其字，由此可見盛行歸盛行，那些尊貴的士大夫們有多重視？學問淵博如王國維先生，在清末著作《宋元戲曲史》中，亦嘆典籍不豐，失迭亦多，只能憑其所讀、所識、所記而成書，雖有解釋參軍戲、踏搖娘、代面等等的得名原因，但亦無跟進演變，且亦無沿革的過程，對於音樂聲腔方面，亦只記載如：晏小山作某某曲牌，用某某宮調，亦有談到線索者，也只云某曲調由某曲演變而成矣。該書裏，曲詞、曲牌、宮調、前人筆記的事件，十分豐富詳盡，但對曲式、聲腔的演變過程則無詳述。相信他亦感到戲曲史的研究如千絲萬縷，不知從何說起，於是他情願寫距離他約九百幾年前的宋、元兩代的戲曲史，也不願記載他在世時的戲曲史實。這位大文學家當時也視之為畏途，更何況又過了百載的今天，惟是自問一生活在戲曲裏，對有疑問之事，抱着因循附會，得過且過，實在問心有愧，故不自量力，悉力求真。

我因研究二黃腔來源與粵劇的關係，多次到江西尋找根源，深入我懷疑是二黃腔的發源地「宜黃縣」，拜訪當地戲曲權威學者萬葉老師，引證粵劇二黃腔的來源及我懷疑是粵劇裏西皮的名稱謬誤。耗時兩載，三度重訪江西，聽了不少二黃腔，更聽了不少「四平」，再經細心引證，從定弦、行腔、結束音等等比較，百分百的證實了我們粵劇的「西皮」的確是「四平」。

為四平正名

對戲曲稍有認識的人，對於「西皮」這名稱都不會陌生，誰知因方言音誤，粵劇一直將「四平」誤稱「西皮」。縱然先輩曾經懷疑「西皮」是「四平」的音誤，但一直沒有人深入探究。其實廣東戲的西皮與其他地方戲的西皮，從定弦、板腔體類型，都是截然不同，相反粵劇的「西皮」與地方戲曲的「四平」卻十分相近。全中國的西皮，其定弦都是「士工」，只有廣東的西皮是「合尺」的。再看京劇裏的板腔體兩大類是皮黃，即西皮、二黃，而我們的板腔體兩大類是梆子、二黃，我們的西皮則屬於二黃類的。由於我學過京劇，所以很早期已對我們的西皮這名稱產生疑問，但疑問歸疑問，當時不夠資格去考證。直到二十歲左右，袁清華老師對我說，他懷疑我們的西皮是四平，是因方言發音不同而誤為西皮，後來我又再反覆思考，我童年所學的京劇《烏龍院》，就是唱四平調的，越唱覺得越像，但單憑像也不能證實，可惜數十年來為口奔馳，未有刻意去找真憑實據。

近年立定心腸，想為粵劇二黃腔探本尋源，復為粵劇裏的「西皮」澄清謬誤，為「四平」正名，先後到了江西三次。二〇一四年，我夥同香港教育大學（前香港教育學院）梁寶華教授，開始了我第三次的江西行。除了深入探討二黃腔的源頭「宜黃縣」之外，更親自與當地研究戲曲的權威萬葉老師互相印證，亦觀聽四平調的唱及演出，發覺我們的「西皮」名稱是錯的，其實應稱為「四平」。我們可以理解百數十年前，方言的音誤是常有發生的事，而且四平的結束音是與二黃的結束音反其道而行，而與其他地方的西皮雷同。我們的先輩一直沿用「西皮」這個名稱是可以理解的。

京劇及其他地方的西皮是有一整套的板腔體曲式，有導板（即首板）、三眼（即慢板）、

▲ 2014 年與梁寶華教授到江西宜黃縣為二黃腔尋根——面向宜水黃水

原板（即中板）、流水（即快點）、散板（即滾花），而我們的西皮是單一種板式。我們的西皮一早就是二黃系列的成員，而且「合尺」調式的感覺非常濃厚。我們的老戲傳統是「梆子戲」、「二黃戲」，兩者分家的。「梆子戲」裏沒有二黃，「二黃戲」裏也沒有梆子，而西皮一直在「二黃戲」裏面，如《金蓮戲叔》、《遊龍戲鳳》等等。

江西的四平調與京劇的四平調有百分九十幾的相同，而與我們的西皮也只有板面（前奏）及過序（過門）有不同，而曲肉中的上下句十分相似。當然因方言不同，其中一定有少許差異，至於板面（前奏）及過序（過門）的迴異，則不知是我們先輩加了工，還是他們改變了。其他地方的西皮是生、旦不同腔，不同結束音，而我們的西皮是按二黃規則，生、旦同腔，同結束音。

經過兩年的努力，我確信粵劇裏的「西皮」其實是「四平」的誤稱【二】，我不敢奢望同行從此糾正他們習以為常的叫法，但我一定會以身作則，將「西皮」更正為「四平」，亦會鼓勵同業及後學正視這個謬誤的問題。

探索二黃腔源流

要追尋戲曲聲腔之來源，絕對不是一件容易的事。有關各種聲腔的發源、形成、流變、發展至創新，根本就是一門浩如煙海的學問。中國戲曲及聲腔的發源，最遠可以追溯至唐代，但留下來有真憑實據的記述，可以說都是斷簡殘篇，黑書白紙的論述更是鳳毛麟角。歷朝的文人士子都是朝着公侯將相的道路進發，文藝科技皆被視雕蟲小技，甚至被譏為旁門左道，或説成玩物喪志，其中猶以戲曲為甚，被視作下九流，不屑一顧。由於士大夫不屑就戲曲研究及著述，今日我輩又從何推斷數百年前聲腔流派的發展？更如何去尋找根源呢？

今日我輩研究聲腔，總會以「眾説紛紜，莫衷一是」這句作開場白或總結。二黃腔，作為我國戲曲音樂發展史上一個舉足輕重的聲腔體系，其源流發展真的是「眾説紛紜」。有古籍的記載、前賢的筆記、前輩的口述歸結起來，均令人如瞎子摸象，無法理清根源。有許多的疑團一直是以訛傳訛，因為此等文字記載，可能是名士偶為閒耍的文章，將耳聞所知，聊記一扎，後世便奉為金科玉律。前輩口述或因作者德高望重，後學未敢懷疑，從來沒有人查證說法是否成立，記錄是否真確。我身為戲曲藝人，唱了六十多年的二黃腔，連二黃腔究竟從何而來？如何演變、發展及繼承？都摸不着邊際，總令人汗顏。

為探索二黃腔源流，曾涉獵不少為二黃腔探源及相關課題的文章及論著，發覺立論各異，論據紛歧，各自引述。其中以下述五大論說，各有支持者，至今尚未有公斷。我絕不是懷疑先賢們的學問，但他們可能只是遊戲文章，未必曾窺全豹，而相隔了幾百年後，便全部都變為證據了。幾百年前的聲腔流傳的過程及如何形成，我們若單憑前人所記的文字，便去確定某聲腔的形成源流，恐有偏頗，因為學者未必懂得唱戲，而且某種體系聽起來，也可能近似另一體系，究竟是誰傳給誰呢？所以後學看前輩或先賢的著作時，必要細心推敲。有時一家之錯，一事之誤，你若單憑此點作開端去找尋，真可能其錯由毫釐變為千里。

我憑藉自身的學藝及六十多年的戲曲演出經驗，結合實地的搜查引證，相信總會比純粹寫歷史和寫理論學說，來得有說服力。曾經三度走訪江西，最後一次，於二〇一四年與香港教育大學梁寶華教授前往，由當地戲曲權威學者萬葉老師引領，深入宜黃縣，開展「探索二黃腔的來源」研究。我希望不是結論，而是開篇，能令各自再找尋真憑實據，來支持自己的說法。

眾說紛紜

我國戲曲劇種有三百四十八個，但聲腔的分門別類則只有兩個大體系，就是「曲牌體」及「板腔體」。曲牌體是有固定旋律，不論歌者與樂師都是按譜施工的。每首曲都有一名字，稱為曲牌，如《新水令》、《清江引》、《混江龍》等，不管誰唱這首曲，誰奏這首曲，都不可脫離曲譜的。而另一體系的板腔體則自由得多了，總之合句法，協平仄，依聲韻，按拍子，謹遵結束音定例便可，其中的旋律可自由發揮。我們現在要研究的「二黃腔」，就是屬於這個體系的。

二黃腔的來源，查究起來，真可謂眾說紛紜，莫衷一是，歸納起來較為人知道的有五種不同的說法，茲將其羅列如下：

（一）黃陂黃崗說

二黃腔來自湖北省黃陂縣及黃崗市，兩地的名稱都是以「黃」字為首，故名「二黃」，也有一說是黃陂、黃安的，或黃崗、黃安的。

（二）安徽說

二黃腔來自安徽的，因清朝乾隆皇帝六十大壽，四大徽班進京祝壽，把漢調二黃帶進北京，故很多人都把二黃腔當是安徽的聲腔。

（三）唐代梨園法曲說

二黃腔來自唐代梨園法曲，是因與李龜年一派有別的黃幡綽【二】，其所唱的是黃冠體【三】，人以演唱者姓黃，所習體系亦以黃字為首，故稱二黃腔。

（四）二簧說

舊有典籍有寫成二簧的，或以雙笛，或以雙哨吶伴奏，故稱二黃。

（五）江西宜黃說

二黃腔來自江西宜黃縣，因「宜黃」兩字，江西的讀音與「二黃」無異，故傳來傳去，變成了二黃腔。

以上五種說法都不無理據，但也不無疑問，且待我們逐一研究。

莫衷一是

（一）黃陂黃崗說

首先是湖北黃陂縣與黃崗市或黃陂與黃安（黃安現稱紅安），此說最有力的證據是清代嘉慶年間張祥珂所著的《偶憶編》：「戲曲二黃調，始自湖北，謂黃岡、黃陂。」【四】與安徽望江人檀萃在乾隆四十九年，即公元一七八四年於北京寫的《雜吟》詩【五】，詩後註文言及：「二黃出於黃岡、黃安。」張祥珂是說黃陂、黃崗；而檀萃則說是黃崗、黃安，後來的研究者十居其九都按這兩篇為根據，而並無仔細地去跟尋聲腔本身的來源，單從表面看這一說已有極大疑問。

從地理環境看，黃陂縣與黃崗市相隔一百公里，黃陂縣與黃安地區也相隔六十餘公里，若說這聲腔走紅於其中兩地或三地，則當然是有可能的，但說這聲腔是從其中兩地產生的，就有點勉強了。我們暫且把此說當成真的，幾百年來也該有人提及這聲腔最早是從甚麼地方產生的。例如假設是本來產自黃陂，傳到黃崗後，兩地藝人合力加工，變成流行的聲腔，才稱為二黃腔，但一向都沒有人去查證。究竟該聲腔出自當地民間歌謠？還是說唱體系？從怎樣演變成怎樣？也得有一言半字的痕跡吧？但似乎又都欠奉！當然我不敢說讀盡前人的研究，但也可說找到的，看過的也不少了。

據我所知，親身去了當地查察的就只有歐陽予倩先生，而他那份報告否定了這一說法【六】。歐陽予倩先生在文章中（原文刊登於一九五五年十月號的《戲劇報》上），說他到黃陂、黃岡調查二黃的產地，很失望的說：「連一點影兒也沒有。」接着與歐陽予倩同期的戲曲理論家齊如山在其《回憶錄》中說：「若皮黃果然產生自該兩縣，則該兩縣必然尚有相當的藝術存在，經過不到二百年，何止就一點兒也沒有呢？」【七】。我第一次興起追查二黃腔源流的意念，就是看了歐陽先生的這篇報告，我從而察覺到很多研究的專家，其實也只是根據前人著作裏的一句話，便深信不疑，立論的源頭只有一兩個，但由一兩個衍生了幾百個，更有甚者是其中有些是大名氣、學問淵博之士，於是可能是遊戲文章的一句話，便變成後世的金科玉律了。

（二）安徽說

再說二黃腔是來自安徽的，此說根據更少。單從清代乾隆皇帝六十大壽，四大徽班進京，漢調二黃也在其中。又或曰徽調音色節拍悲涼處，與二黃腔無異，其實這都不足為據。安徽與江西、湖北都是很接近的，戲班往來穿梭，不足為奇，藝人互相學習研究更常有之。你借用我的，我借用你的，直到現在仍有發生，所以聲腔近似不能作準。

若以徽班把二黃腔帶進京，便說二黃腔是安徽的，亦不算憑據。因當時安徽商人不單善於營商，且喜向外發展，所以徽商不局限於安徽境內，可稱足跡遍全國。更要注意的是徽商大多數都熱愛戲曲，把各地的劇種都羅致到安徽，養着戲班在家裏的徽商實在不少，一時引為時尚，很多還不只一劇種的班子，其他劇種，其他聲腔的藝人也一爐共冶，所以大家都承認四大徽班進京祝壽，是把全國有規模的劇種都帶進京裏。甚麼秦腔、漢劇、弋陽腔、宜黃腔，林林總總，不勝枚舉。當然有些聲腔可能早就在北京落腳了，但怎樣也沒有為皇帝祝壽那麼大聲勢吧！於是到了二黃腔在京走紅，問起哪裏來的？自然就答安徽來的！就等於我們錯到現在的四大聲腔的說法：「南崑、北弋、東柳、西梆」，明明弋陽在崑山的南面，為甚麼會稱北弋呢？「南崑、北弋、東柳、西梆」之說首見於近代戲曲理論家齊如山的《京劇之變遷》【八】只是當時一種概括的說法，我初時也大惑不解，後來聽了王韋民先生【九】的解釋才如夢初醒。王先生是國家一級編劇，擅演擅編，他認為這個謬誤是因為弋陽腔在北京唱紅了，卻一直沒有人去撥正它，由它繼續錯下去【十】。也許有人像王老師一樣講法，但卻未有人登高一呼，這也證明了很多學者是獨沽一味，其他不管，也有是本着多一事不如少一事的心態，得過且過便算了。名為「四大聲腔」都可以由它去錯，還有甚麼不可以錯呢？

（三）唐代梨園法曲說

若論到二黃腔是「唐代梨園法曲」，不要說研究，相信知道的人也不多。我如果不是苦追二黃腔的來源，也不會看到名為《漢調二黃源流探索》【十一】的論文。論文是出於陝西安康漢劇團團長王道中先生的手筆，他是根據范紫東的《樂學通論》【十二】所說：梨園法曲分為兩派，一派為秦腔，以李龜年為首，其次是李鶴年；另一派為二黃，以黃幡綽為首，其次為康昆侖。幡綽雅善詼諧，其腔調和平，婉轉有致，最擅長之節目為黃冠體調中的《長生曲》、《望瀛曲》，所謂仙樂也。黃冠體原為曲藝的一種，源於唐代的道曲，以說道教故事為主。人見其人姓黃，又習黃冠體，故稱二黃腔。因此「梨園」為二黃發源之地，開元、天寶為二黃發祥之時，繼後的張東白、李靜慈、劉古愚【十三】等亦同意這一説法。

據王道中的説法，黃冠體調原為道院法曲，後來引入梨園，所唱為七言詩，上下句，亦證實二黃藝人普遍供奉「老郎」，老郎即唐明皇，而篇中又提及梨園法曲中所形成的二黃腔，也同全國各戲曲聲腔一樣，由民歌小調的發展，進入梨園法曲，這與剛才所説梨園法曲源自道院法曲有所違背。

京劇四大名旦之一，程派祖師程硯秋先生，也因研究魏長生【十四】進京時所唱的是秦腔還是漢調二黃？在五十年代初期，程先生還親自赴西安考證。到了西安騾馬市場的老郎廟，回來與杜穎陶合寫了一篇《秦腔源流質疑》【十五】，説到與陝西的戲劇家封至模先生【十六】一同參觀梨園廟，但所提及的碑記只刻着：「蓋聞天地盡福田，由人自種，聖神皆靈威，積善乃通。」上聯與下聯字數竟不一樣，是否有所殘缺，不得而知，但也證明不了甚麼。

至於西安二黃研究會的葉壽山、張德森等幾位老先生講述，程先生當時觀看了當地「大眾劇社」的演出，覺得漢調二黃與京劇極相似，比漢劇的二黃更相近，故懷疑漢調二黃是京劇之祖。其實很多南方的聲腔都是源於西北聲腔南下，由南方的藝人加工的，所以說二黃腔源於甘陝一帶，絕不為過。不論西秦腔及漢調，都是全國很多聲腔曾經取材的始祖，但若真說二黃腔來自梨園法曲，我則未必無疑問。首先歌者姓黃，唱的也是稱為黃冠體的調，便稱二黃腔，當時他唱的是已成形的黃冠體，我不覺得會因此而多出個名稱來。那為甚麼大名鼎鼎的李龜年、李鶴年所唱的，又不稱為二李腔呢？再說法曲是七言詩，便當它可分上下句，這有極大的漏洞，因為上下句指仄聲結句為上句，平聲結句為下句。我舉一例子，李白的《清平調》：「雲想衣裳花想容，春風拂檻露華濃，若非群玉山頭見，會向瑤台月下逢。」頭兩句都壓平聲，而且同是陽平，如何分上下句呢？如果那時法曲已經是板腔體，為甚麼要樂師度曲呢？所以要說漢調二黃來自梨園法曲，我不敢完全否定，但如果說二黃腔的名稱是因黃幡綽、黃冠體而得名，我實不敢苟同。

（四）二簧說

再者說到二黃有人寫作二簧，說是因用兩支管樂伴奏而得名，這更是附會之談。中國音樂，尤其是伴奏，有「逢笛必雙」之語。崑曲、吹腔本來都用雙笛，所有古老劇種，用管樂為主要伴奏的，都是雙的。當然現在新時代，新編制裏有沒有改動，則不得而知。以前我們廣東不管台上的，或是大八音班，除了喪家才用單的吹口，否則一定是雙的，所以這一說應無理據。

我的結論

二黃腔是宜黃腔，這是歐陽予倩先生的文章裏的觀點，提到因公幹在黃陂、黃崗附近住了數月，幾經考證，連一點二黃腔的痕跡都找不到，他就懷疑二黃腔是江西的宜黃腔，由於方言之誤變成二黃腔，因為江西話的「二」與「宜」是同音的。可惜歐陽予倩先生有生之年卻無緣到江西宜黃查證，所以我便興起了繼承其遺志，去江西實地體驗。我不敢說百分百有真實證據，但從表面證據，「二黃」的名稱應該是來自宜黃腔，它是從西秦腔二犯演變而成。

去江西之前，我專誠赴京拜訪國內長期研究戲曲聲腔及地方戲曲劇種的專家余從先生【十七】，問道於他。余從先生長期從事中國戲劇歷史及理論的研究、教學及編審工作，他也有同意我這種想法，可惜他年紀太大，不便舟車勞頓。他聽到我要到江西宜黃，非常贊成，他說凡事必須親自考證才可。在京回港後，剛好江西有劇團到港演出，經周嘉儀的介紹，認識了萬葉先生【十八】，於是我便聯同了蘇仲、梁寶華教授及周嘉儀等人三次往江西探索二黃腔的來源。

我走訪了江西三次，第一次是二〇一三年一月，主要是探討我們廣東戲的《六國大封相》是否弋陽腔。雖然十分相似，但我們擊樂所用的大板卻在江西找不到曾用過的痕跡。第二與第三次（二〇一三年六月及二〇一四年五月）便是衝着宜黃而去的。經萬葉老師引見了演大花的應用賢先生、演二花的鄧毅先生、演小生的吳松齡先生、從事音樂設計的吳希湊先生，與幾位宜黃戲行家一起研究，加上萬葉老師的專門研究，互相印證，宜黃與京劇的二黃極相似，與我們廣東戲的二黃也沒甚大分別，只是前奏與過門不同而已。到底是因為我們在李文茂反清的時間發生了變化，還是我們太保守，而他們在變化呢？

不管前奏及過門有多不同，但整個體系一點也沒假。做句的字數，每一頓的結束音，都沒有兩樣。當然我不敢百分百肯定宜黃腔就是二黃，但起碼是有關係，而二黃與宜黃的讀音又十分相近。江西口音「二」是讀作「倚」，故此要證明二黃腔來自宜黃，又可跨前一步了。

宜黃戲中的《三娘教子》、《夜困曹府》兩曲，與粵劇同名的二黃戲，文字完全一樣。我在查證了四平調傳到廣東，也因口語之誤變了「西皮」，據流沙先生的著作《宜黃諸腔源流探》【十九】，又根據萬葉先生研究所得，加上我親耳聽到的，而且十分踏實的，從西秦腔二犯演變而來，過程裏改了些甚麼，流沙先生的文章論述得十分細緻，且有根有據。其實清乾隆年間，李調元的《雨村劇話》【二十】說：「胡琴起於江右……又名二黃腔。」江右即江西。宜黃腔早在清初，甚至明末已在各地流行，到了乾隆前後忽然不見了，據杜穎陶【二十一】的考證，在明朝中葉，宜黃是全國戲曲最盛行的地方之一。從一代名師湯顯祖的《宜黃縣戲神清源師廟記》【二十二】中就可以看到，也可感受到當時江西宜黃的盛況。

宜黃腔是從西秦腔「二犯」脫胎過來的，「犯」是古代樂曲常用的術語，如宮犯商，商犯宮等等。二犯亦有寫作二凡的，在明代西秦腔把隴東調（隴是指甘肅）的上下句對調了，稱為二犯。因其中的宮犯商，商犯宮，故稱為二犯。本來隴東調上句結束音為「尺」，下句結束音為「上」；二犯把它調過來，上句結束音為「上」，下句結束音為「尺」，

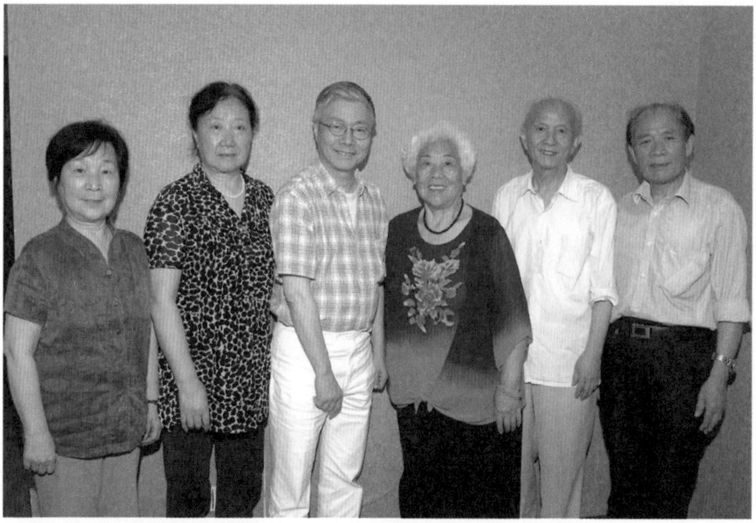

▲ 與江西省藝術研究院的萬葉先生及當地研究者見面

▲ 與萬葉先生等人進行學術研討

▲ 參觀上饒縣信河贛劇演出後與演員交流

▲ 我們的古老大板

▲ 贛劇現在用的是我們現在用的一樣，所以他們叫廣東板。

就是第一句的散板沒調轉，結束音收「尺」，所以名為倒板。

粵劇二黃腔也是首板收「尺」音，我們研究了很久，為甚麼收「尺」音，首板本是上句，為甚麼不收「上」音呢？後來追查二黃腔源流才發現這道理。二犯、二凡、二黃、宜黃，在很多南方的方言裏，發音都近似的，所以二黃腔是江西宜黃腔之說，是較有根據。

總結以上所得，除了出自唐梨園法曲之說，因所得資料不太全面，不敢貿然否定外，就以江西宜黃腔說之資料最詳盡，然而二黃腔能紅遍全國，可說各有功勞。原產地的宜黃縣，到了今天連劇團都沒有了，只有個別藝人，連同一些業餘愛好者，在某些節日裏作演出，是極待拯救的劇種，但宜黃始終是原產地，經過藝人從西秦腔移植過來，產生了如此豐富美妙的板腔體，但論到發展，則要數湖北省了。二黃腔流行之餘，還來個皮黃合流，即西皮、二黃同一場中出現，這一發展可謂驚天動地，影響了大半個中國戲曲界，再由安徽戲班帶上北京，於是所有板腔體的劇種，十居其八九都受惠了，所以江西、湖北、安徽三地對二黃腔的發展都是功德無量的。

我今次的研究，希望只是開篇，甘冒着大不韙站出來，拼做眾矢之的，希望抛磚引玉。如果各位能放下成見，再開一次全國性的二黃腔研討會議，讓全國及世界各地專家一齊參與，相信會發掘出更多的資料，找出更多的真相。更要有各地二黃腔的演唱藝術家，一齊唱，一齊討論，因為研究聲腔必須唱出來。文字裏縱有生花妙筆，也是聽不到，既稱聲腔，聽不到當然是不夠傳神，所以一定要學界、術界一齊攜手合作才成。若真能成事，則戲曲界之幸也，這也是我衷心的盼望。

註解

【一】阮兆輝與香港教育大學梁寶華教授於二〇一四年十月三日假香港教育大學舉行「探索粵劇二黃腔之來源」發佈會，匯報第一階段研究結果——更正粵劇裏的錯誤名稱「西皮」。

【二】黃幡綽，一作旛綽，唐玄宗時宮廷樂官。

【三】黃冠體，曲藝的一種，即道情，源於唐代的《九真》、《承天》等道曲，説道教故事。

【四】嘉慶年間，張祥珂在《關隴輿中偶憶編》説：「戲曲二黃調，始自湖北，謂黃岡、黃陂，二縣猶小曲之嶺，調始至段家嶺也。」謂二黃起於黃岡、黃陂。

【五】乾隆四十九年，安徽人檀萃有《雜吟》詩：「絲弦競發雜敲梆，西曲二黃紛亂哤。酒館旗亭都走遍，更無人肯聽昆曲。」詩後註文中寫到：「西調弦索由來本古，因南曲興而掩之耳。二黃出於黃岡、黃安，起之甚近，猶西曲也。」

【六】歐陽予倩（一八八九至一九六二），中國著名戲劇藝術家，他的《京戲一知談》説：「二黃是從四平腔變來的，是安徽藝人和湖北藝人的傑出的集體創造。」在《談二黃戲》（刊於《小説月報》一九二七年六月號））一文中説：「平二黃是由安徽人唱出來的……漸漸由湖北改造成現在的形式，復從湖北流傳到安徽，再由安徽人傳到北京，便變成了京二黃。」一九五五年十月號的《戲劇報》上，歐陽予倩發表了一篇文章，説他到黃陂、黃岡調查皮黃的產地，很失望的説「連一點影兒也沒有」。

【七】戲劇史家齊如山在其《回憶錄》中説：「若皮黃果然產生自該兩縣，則該兩縣必然尚有相當的藝術存在，經過不到二百年，何止就一點兒也沒有呢？」（引自《安康文化概覽》頁一一六）

【八】「南崑、北弋、東柳、西梆」據說是近人齊如山在《京劇之變遷》援引清末民初老伶工勝雲（慶玉）的自述：「同治初年，余在科班時，曾聽見那些老教習們說過：清初北京尚無二簧，只有四種大戲，名曰：南崑、北弋、東柳、西梆。」

【九】王韋民，一九三七年生，國家一級編劇。近年任香港中國藝術推廣中心藝術總監，在港經常應邀前往大學及文化機構講授戲曲藝術，並出任香港藝術發展局局外專家顧問。

【十】南崑，雖源於南方，但自明代萬曆中期以來，早已遍及大江南北。北弋，則發源於江西弋陽，原屬南曲，後傳入北京，演變為京腔，盛行一時，故有北弋之稱。可見南崑、北弋、東柳、西梆的提法並不科學。

【十一】王道中（一九三〇至二〇〇三），陝西漢劇學會會長，論文《漢調二黃源流探索》獲省優秀論文獎。

【十二】范紫東（一八七九至一九五四），清末乾州東鄉西營寨（今乾縣靈源鄉西營寨）人，著名的秦腔劇作家，易俗社的創始人之一。著有《關西方言鈎沉》、《樂學通論》、《關西周秦石刻摹本》、《地球運轉之研究》、《乾縣縣志》、《永壽縣志》等著述。

【十三】清代威陽劉古愚、蒲城張東白、民國時富平王紹猷、乾縣范紫東等前代學者，同謂二黃乃「秦聲吹腔古調新聲」。

【十四】魏長生（一七四四至一八〇二），字婉卿，四川金堂縣人，清乾隆時著名秦腔旦角演員。

【十五】程硯秋、杜穎陶於《新戲曲》一九五一年十一月二卷六期上發表《秦腔源流質疑》一文，根據騾馬市梨園廟的兩塊石碑，提出一七八〇年前西安流行的秦腔並非今日的秦腔，而是漢調二黃的觀點。

【十六】封至模，秦腔劇作家、字挺楷，著名戲劇活動家、教育家、導演、戲曲作家。

【十七】余從先生，從五十年代初至今，長期從事中國戲劇歷史及理論的研究、教學、編審工作，重點研究戲曲聲曲聲腔及京劇與地方戲曲劇種。

【十八】萬葉先生，原名萬金水，一九三七年生。當代著名戲曲史家、曲藝家、戲劇編劇。江西省藝術研究院特約研究員、江西省文化廳非物質文化遺產專家組成員。萬葉曾在其著作中言及：「二凡即二黃，來自本地的宜黃腔。」

【十九】流沙先生著《宜黃諸腔源流探》，人民音樂出版社一九九三年出版。流沙先生是贊成「二黃」本名「宜黃」這一觀點的。全書共收十篇文章，其中論述宜黃腔的文章有三篇，其他論文均與宜黃腔有密切關係，從各個角度論證宜黃腔形成、發展的歷史。

【二十】《雨村曲話劇話》是一部戲曲論著，乾隆四十八年（一七八三年），李調元寫成《雨村曲話》上下卷，又於乾隆四十九年（一七八四年）寫成《雨村劇話》二卷。《曲話》是戲曲文學的評論，《劇話》則是從綜合藝術的角度漫論戲劇的起源、腳色、道具、聲腔和本事，偏重於考證。李調元《雨村劇話》說：「胡琴起於江右。今世盛傳其音，專以胡琴為節奏，淫冶妖邪，如怨如訴，蓋聲之最淫者，又名二黃腔。」

【二十一】杜穎陶，筆名綠依，又一名杜璟，戲曲研究家。

【二十二】湯顯祖惟一的戲曲理論專著便是《宜黃縣戲神清源師廟記》一文，是一篇不足千字的短文，本是宜黃藝人為興修清源師廟請湯顯祖寫的建廟碑文。《廟記》稱「食其技者殆千餘人」，可見當時宜黃一帶的藝人很多。從明代民間職業戲班的規模來看，每班約二十幾人。一千多藝人至少可組成三、四十個戲班。眾多戲班的出現，促使宜黃子弟感到有必要興建戲神廟。宜黃子弟所供奉的戲神為清源師。

【第五章】

潤墨無聲

我的承傳路

承傳

很多人都説「傳承」，這大致來説是講得通的，但個人就應該用「承傳」，表示「承」受了上一代的藝術，再「傳」給下一代，所以如何「承」？如何「傳」？就是我要記下來的事了。

當年我才六、七歲，在澳門讀小學一年級，鼎鼎大名的名宿「新丁香耀」前輩也在澳門，他與我家有一點遠親的關係，所以常來我家。那時男旦已漸式微，他的年紀也大了，亦少有工作，反正閒着無事，便教我兄姊做戲，教《楊宗保巡營》、《穆桂英招親》。那時我還幼小，他對我是不在意的，怎知我見兄姊學得那麼開心，我也想參加，學埋一份，這位丁叔見我頗為專心，於是容許我加入。一星期下來，居然將一段《楊宗保巡營》的梆子慢板四門唱得有板有眼，更會一些台步做手，丁叔更對我另眼相看，但那時的環境，當然專心讀書，怎會想到將來會入戲行呢？於是不管教的、學的，都是抱着玩耍性質。

豈料我一家人遷回香港之後，生活大不如前，在窮困中被迫停學，跟着便經過一番轉折，竟然入了電影界，於是順理成章便做埋大戲。那時丁叔也搬到香港居住了，但他畢竟是演旦角的，而我則是學做生行的，於是只有再尋師學藝，望能成為真正的藝人。經友人介紹，請了許君漢老師教我練功習武，但許老師因沒有練功場地，而我也沒有地方，只得商借舅父家中的大廳，因舅父家在半山羅便臣道的大屋，樓底甚高，可以練靶子。不過許老師教了一天便不教了，因為羅便臣道對他來說，實在太遠，太不方便了，於是我又要另覓良師，不久便投到袁小田師父帳下。我也記不起是誰介紹的，後來更幸得聲哥（林家聲先生）的父親林向榮老先生收留，我們一眾袁師父門下的子弟便都在林家大廳練功。袁師父見我拍電影通宵達旦，早上仍去練功，覺得我勤奮，於是很疼惜我，八、九年裏沒有收過我一分一毫的學費。我一直苦練，除了想出人頭地之餘，也想報答他老人家的恩，但可惜我未真正踏隱陣腳，他老人家已離我們而去，所以一代傳一代，我只有從袁師父身上學到的，盡量給後輩教習，這是報答師恩的唯一方法。

一九六七年，我因病停演，又適逢香港發生事故，所以休養後，追隨導演王豪先生去了韓國拍電影，其中有緣與台灣京劇名武生王雪崑老師認識。後來我也在台灣工作了差不多三年，其間也蒙王老師不吝教化，對我一些練功的方式有所啟發。回港後，一直在不同的劇團演戲，各劇團也各有不同的武打指導，包括劉洵老師、韓燕明老師等位，從各位的身上，真也吸收到不少東西，更在數十年裏，除了我師父麥炳榮先生外，也侍候過不少演武戲頗有心得的前輩如祥叔（新馬師曾先生）、勝叔（石燕子先生）、燕棠叔（陳燕棠先生）、大叔（許英秀先生），還有馬來亞的區少榮前輩，從中得到他們的教訓示範，細心印證，實在得益不少，這就是我在武戲方面的「承」了。

練功

我很懷念我們當日的練功風氣，在五十年代，香港戲班與國內戲班大致上是隔開了，有溝通也只是偶爾的個別人士上落港穗而已。在香港神功戲也遠不到哪裏去，最遠離島塔門，大嶼山也只演五天，便又回到市區，只有去星馬一帶，才去個半年左右，所以這一批粵劇藝人便以香港為基地。

我們出身時的意識，是你想學戲就要練功，於是各自投師練功。練功是一定要的，但學唱也是一定要的，於早上練功，下午學唱，相信那段日子，十居其九，年輕粵劇藝人都過着這樣程序的生活。不論貧富，很多老師都有作育英才的心態，當然大家生活困難，大致上都有收學費，但交不起學費的窮孩子，只要你勤力，都一定有師傅肯收留。那時練功成了一種風氣，我以為誰學戲都是這樣的，原來不是。

早時有些前輩是在戲班先跟師父入行，做堂旦、手下，之後一步一步上位，戲班裏的規矩程式，甚麼都懂，卻就沒真正練過功。問起緣由，是最早期戲班有打武棚（我只知這名稱，實質是怎樣的，我也不知道），誰都可以去練，有師傅把關，但後來沒有了打武棚，則班中那麼多武戲演員，隨便拜上一位，都可在班中練，就算落鄉也都早上嗌聲練功，當然是在山頭野嶺，還不可靠近戲棚，因為不能吵醒老倌。這樣的運作本也可令全班人有機會練到功，但後來長期班已沒有了，都變成臨時組織，演出也不頻密了，於是不延續的演出，常常變更的配搭，你今天跟這位前輩練了幾招，下一班又不再碰頭，於是各人都懶散了，這是環境使然，尤其當年戲班在省港澳巡演，就是一個「省」字，是全個廣府話地區，如果不是按年聘請的模式，可能你在這一班跟着這位前輩練了五天功，跟着三年也沒再見他了，所以我們上一輩有多少功，我們不應該視為笑柄，當時環境是應同情才是。

我們一代，貧困歸貧困，但有福氣，都駐腳在香港，每天有功可練。那時除了我們袁小田師父外，還有唐迪先生，夥拍一位稱為馬老頭的教師，粉菊花老闆，門下精英良多，加上于大爺（于占元先生）的嚴格得像科班一樣的訓練，另外還有不少個別收徒授藝。我們戲班規矩，正式收徒叩頭拜師，不收學費，徒弟賺到錢，孝敬師父，甚至照顧天年。戲班很多這樣孝順的徒弟，但不是交學費，交學費的，明天可以不學，跟過別的老師，但叩頭的要得師父同意，才可跟別人學藝。叩頭的師父是父，徒弟是子，師父師母過世，徒弟遵禮上服，那孝服是與兒子一樣的大服，所以不是做個宣傳，拍張照片，那麼簡單！

話說回來，我出道的時候，可算不幸中的大幸，很多行內人集中在香港，很多練功組合，有錢的，窮苦的，都可有機會練到功，當然練功方式程序，都會因師傅而異。我們袁師父也因人而教，他看着我奀孱鬼命，骨瘦如柴，又幾乎晚晚拍電影，半夜才睡，甚至天光才收工，也趕來練功，於是不真正給我練翻，因為覺得我不會成功。我這個走一排「半邊月」，便面青唇白的小子，唉！算了！練身段，練靶子吧！當然一般飛腿、旋子、虎跳、搶背、趴虎、吊毛、穿毛等等都教。他很正道，他曾對我說，他不是個「角」，他只教「官中玩意」，京班行話，即是大路的東西，沒甚麼私房的，可是他的玩藝，卻是放諸四海五湖，無不通行。看我出道以來，與任何人對靶子，除非對方自有一套，否則都能對上。有一次在香港城市大學，應鄭培凱教授之約，聽裴艷玲裴大姐的講座，她忽然興起：「喂！阮兆

▲ 我與國寶裴艷玲女士於 2013 年在西九文化區戲曲中心講座系列之「劇種的借鑒與研習」中對談

輝來！過來給我打套快槍！」「好！」我二話不說，馬上拿起靶子，就配她來了套快槍。你說打得好不好，我不敢講，可是整套快槍說來就來，順順溜溜的，就打下來了，雖然幾十年來，我忘了很多套靶子，有一段時期，武師們都跑片場裏拍武俠片，而我演的班又是中小型班，哪有錢請武師配打？所以沒法承傳，十分慚愧！

搶背

長時間不動的靶子套數，失掉了還可找人問回來，學回來，如果你手把的底子紮實，找回來還容易，但其他的功，就不一定能練得回來，尤其年紀大了之後。我從小身體就差，可能因為童年拍電影，那時片場都在市區，收音設備又不完美，更一定是現場收音的，所以都在晚上開拍，那麼我從小就熬夜，加上練功早起，睡眠時間不夠，這種種因素，令袁師父不忍心迫我，但我也不偷懶，除了筋斗，其他我都照練。我最練不好的就是旋子，不知甚麼原因，袁師父的旋子是走得好的，但我們師兄弟的旋子，都沒有頂尖的出現，當然我是指練功時期，後來師父的兒子袁和平當了導演，祥仁（袁祥仁先生）、信義（袁信義先生）等位都出人頭地，他們後來的旋子，擰得怎樣，我是不知道，總之練功時間，我們都不理想，故此我一輩子從未在台上走過旋子，其他的如穿毛、吊毛、趴虎、搶背都能過關。

記得一九六〇年，俞老俞振飛先生帶着上海京崑劇團來普慶戲院演出，其中有位演長靠武生的，叫蔣英鶴先生，貼了一齣《伐子都》，其中有一穿趴虎過桌子的表演，我們都看得瞪了眼，這麼俊的功夫，趴虎我也常來的，可是穿趴虎未試過。第二天早上，便跟袁師父說想練，他老人家道：「好！」當然好，不過不要一來便放一桌子練，你先練好穿出去的法，然後放兩把椅子在兩旁，中間橫放一桿槍。最先連椅子都不放，由兩師兄弟兩邊拿着槍桿，像練跳高的樣，先穿矮的，慢慢長高，再擺椅子槍桿，然後放兩桿槍，像桌子一樣闊，一個一個的過程，我都過去了。最後真的放上桌子去練，結果一穿過門了，臉着地，因為心裏怕過不去，拚命衝，過去了，自己手勁不夠支撐，臉就刨下去，於是一臉血，不太傷，但膽怯了，不敢再來了。說也奇怪，凡是趴虎出事，傷了臉，總是陷入的地方傷，凸出的部位一點事都沒有。額頭不傷眉心傷，鼻尖不傷人中傷，下巴不傷下唇底傷，這是甚麼理由？所有人都一樣，再本事的人，除非你趴虎不出事，一出事，準是那幾個點子上受傷。幾十年下來，看過不少人出事都一樣，我到現在都還莫名其妙，沒碰過釘子的人，還不相信呢！

練功總會受傷，所以我們有時趁師父拍電影去了，今天沒來，我們就偷偷練這個，練那個，師父過一兩天知道，我們一定捱罵，因為師父怕我們沒經驗會出事，像搶背、吊毛稍一不慎，可真會受傷，而且可能重傷。説起搶背，我也真有幸，有一次在台上走搶背，給周小來老師看見，回後台把我叫過去：「兆輝，你那搶背不靈，危險！」我一臉無知，看着他，心想：「我該怎麼辦？」他跟着問：「你上過把嗎？」上把？搶背上把？我連聽都未聽過，就對着他搖頭，他老人家真好：「明天早點上台，我抄你搶背。」嘩！發達囉！這位公認搶背走得最好的天王，親口説他抄我搶背，於是除了千多萬謝之外，當然明天一早上台等候。

這位二百多磅的老人家走起搶背來，像一頭大鷹飛撲，十分煞氣。他真的一丁一點地教，不要起法，説走就走，一擰身就走，説好了方式，跟着就抱起我，慢慢放下去，口裏還説着：「伸開手、仰頭、提着點。」於是練了兩天，我開頭還以為偷偷的學，偷偷的練，不敢跟袁師父説。唉！原來我師父早就知道了，小來叔為甚麼教我？本來教他人的徒弟是有點違背規矩的，但周老師與袁師父是一同在上海應薛五叔（薛覺先先生）之聘，頭一批外省武師來廣東，加入廣東戲班演戲的。兩位老人家情同兄弟，所以周老才親自出馬，給我這個他心目中的子侄，來個上把抄搶背。我的硬搶背及多種搶背都因為上過把，心中踏實，才可走到六、七十歲也照走可也，連紮上靠走吊毛，也能走到六十五歲，在此再三向周老致敬。

飛腿

飛腿，很多人將這京班的名稱翻譯為廣東班的「跨腳」或「掛腳」，其實我們沒有「飛腿」這動作，「掛腳」等同京班的「蹦子」，而不是「飛腿」。

飛腿，我親眼見最好的是我的亦師亦友的一位台灣京班蓋派短打武生王雪崑老師，他跟我在韓國拍電影，一同居住，早上我在花園練功，我只是大病初癒，開始再練，他一看就知道是同行，我也道明我是唱廣東戲的，他也說他是習蓋派的。大家好像他鄉遇故知的感覺，因為在那團裏面，除了他跟我兩人，就只有一位唱武旦的張復華，復興劇校畢業的，而年輕人跟老先生們總談不來。我雖然那時候才二十來歲，但出道早，見得也較多，也懂得尊重前輩，總之就是老一輩的戲班人，不是學院派，所以王老師跟我格外談得來。他見我打飛腿，笑笑說：「飛腿，這不行，你看着！」跟着就來一飛腿給我看。啊！他說：「這才是飛腿！」老實講，年輕時我已經練到雙腳一齊落地，算不錯了罷！他的呢，是打右腳，右腳先落地，左腿還停在空中。哎吔！我真沒見過，連聽都未聽過，打飛腿可以打右腳，右腿先落地的。他對我說：「你們現在練的，大多數是擰不起來，原因是飛腿應像打翻一般，拜手由上拜下，轉身擰起向上，左腿一定要翩得高，把整個人擰起來，在空中停得住，右腳要跨得高，而且快，打着了之後，左腿還在空中，才能右腿先落地。」真是大開眼界！後來我苦練，可是怎麼練，都到不了他的地步，我想右腿先落地，就整個人都屈着，將就右腿。唉！不到就是不到，後來我才醒悟，他的幼功，與自己的幼功，蚊髀與牛髀。想當然可以想，但要成功，談何容易，就算可以，也須萬分勤力，萬分苦心，更是加一萬分的勁。所以後來練飛腿下桌（落枱），走得到，不好看，有點歪，既危險又不美觀，索性不來，專心練搶背，所以有一時期，不管是軟搶背、硬搶背、武旦的原位搶背、攤出去的、穿出去的，我都能來，還不用起法，這算成功嗎？不算！這只是演武戲的演員應有的東西，

▲ 師父麥炳榮

你既然不是每樣都能，就該挑一兩樣較合適自己的東西苦練，練到見得人。

記得我師父麥炳榮先生在四十來歲已不演《周瑜歸天》，不過他真的教了我，而且還是最古老的，他演也是演比較潮流的了，而教我則教最古老的，他說是根基，可見老一輩人的苦心。到他五十左右，忽然一台戲演一新戲《不斬樓蘭誓不還》，他在城樓上走一吊毛落城，當然不是背下地，而是武師在城下接，但雖然是城下接，你也得正正式式的翻下來才接得到。記得那時大概是一九六三年，直到二〇〇五年，我還未在台上見過，我一想完了，好！我雖然曾受重創，但既然《周瑜歸天》大靠吊毛都能走了，為甚麼不循着師父的道路，再演一次呢？於是我就演了一晚《不斬樓蘭誓不還》，真是在城樓上走一吊毛下來，當然也是武師在下面接。為甚麼沒人演？沒人練？練功的人不是沒有，這種東西就是沒有人去碰。危險嗎？有的比這更危險的，不過不單大靠吊毛沒人練，再說我看過一叔陳錦棠先輩的「高枱飛椅」也沒人練，就算古耳鋒先輩在電影中的「踝子上桌子」都沒有了。練的都是個人好看的表演，時代不同了。

識英雄重英雄

識英雄者重英雄，這句話很多人都會說，但真懂得其中意義者，又有幾人？既懂得其中意義而又身體力行，做得到的，實在少之又少。我們戲曲界，見得到他人的好處的人，必是自己已達到某程度的藝術水平，否則只見他人短處，自己甚麼都是好的，若非如此，怎會科技進步，藝術退步呢？從前，遑論錄影機，連錄音機都未普及，我師父名氣不大嗎？沒有錢嗎？就是沒有錄音機。那年頭，漫說錄音機，就是練功的地方也不是一定有鏡子，就算有，也可能只得一面，動作正確與否，都是靠師傅或前輩們指點。

我們初期學藝，勇往直前，有時也會不知天高地厚，但總是在心中，不敢說出口，看不懂人家的好處，就以為平平無奇，到了自己有些經驗，碰過釘子，便會想，為何自己應付不來的場合，或是戲場，或是動作，而他人則有條不紊，十分暢順地完成呢？如果你以為他人是幸運，撞彩撞到正，你便大錯特錯！人家可能花上多少年的努力，才有目前的成果，從一個動作，一個介口，一個鑼鼓配合，以至一場戲的處理，人家花了多少精神心血，不會跟你說，但到你有資格感受到的時候，就要服善，所以能識誰是英雄者，才會敬重英雄，就是這道理。

我師父是個十分重英雄的人，他一手替「大龍鳳」打江山，從中小型班，上到巨型班之初期，埋皇都戲院演出，班主何少保先生對他說，想請老一（陳錦棠先生）加入，我師父二話不說：「好啊！」便答應了。保叔再問：「咁你掛頭牌定佢掛頭牌呀？」我師父不假思索，馬上答：「梗係佢啦！」這件事，我在場，我是見證人，我在隔籬聽着，我心想：「真的嗎？」大龍鳳的文武生，竟然一口答應班主，加一個文武生入班，自己屈作副車，當然戲份一定不少，但名義上把頭牌讓了給他人，這是甚麼道理？聽得保叔一句：「咁就定實囉！」我師父說：「得啦！」於是大龍鳳便在皇都戲院演出《雙龍丹鳳霸皇都》。這件事一直在我心中記着，到後來我拜了師，初期當然沒資格跟他閒話家常，更莫說問這些敏感的問題，所以有二十幾年對此事不解？直到他老人家踏入晚年，我也在各大劇團坐穩了正印小生的位置，師父對我也隨和了，我才有意無意之間，聊起那一屆班的往事。他說：

「第一，老一紮先過我，出身亦早過我，佢好好戲㗎，佢着起件改良靠，邊個夠佢做吖？」我師父難道就穿上改良靠演得不好嗎？不是！但老人家心裏有底，讓頭牌的不只是識英雄重英雄，還要有量。師父說：「小器的人難成大事！」他絕不妒忌，其他的班如何賣座，他看見也十分高興，他覺得班班都旺台，戲行才是興旺。

他教我們不要妒忌他人成功，你要與人家比，你就得加倍努力，他說：「你睇睇，賣傢俬的，成條街都係傢俬舖；賣潔具的，成條街都係潔具舖；賣海鮮的，成個北角碼頭都係海鮮檔，個個唔紅，得你一個紅，呢行執笠都得啦！」到後來時移勢易，後期一叔再度加盟大龍鳳，便當我師父的小生，我師父仍十分尊重一叔。記得《蓋世雙雄霸楚城》首演時，我師父幾經考慮，「營房」一場「雙結緣」排場，本來兩個將軍都穿改良靠的，我師父幾十年來都覺得一叔穿上改良靠是無出其右的，而他又不想被一叔比了下去，於是他改穿「蟒」上場，這便是識英雄重英雄的鐵一般例子了。

藝高人膽大

我出道的時候，戲行仍是猛將如雲的現象，獨當一面，極具叫座力的文武生，比比皆是。當然不是每一班都一定場場爆滿，但每天都有四、五班在上演，全行形勢起碼算過得去，而且當時還是二次世界大戰後的不景氣，每一個班政家，每一位名伶，為了名譽與經濟，都得全力以赴，看似賣座下坡時，都要各出奇謀，宣傳也五花八門，層出不窮。甚麼機關佈景、電燈戲服、空中飛人、在水缸裏對打、宇宙燈、白蛇鬥蜈蚣（當然是扯線的），甚至舞台上，人與電影一同演出，總之無奇不有。更有如大集會一樣，三生三旦、四生四旦，都是大老倌同台演出。那段日子，大家都覺得理所當然，但想想戲行裏的舞台是英雄地，有些人更覺得同行如敵國，幾生幾旦，怎樣可以平衡各人的地位呢？大堆頭的現象維持了一段日子，後來便少見了。

我舉一個例子，五十年代有一劇團名為「新萬象劇團」，三位文武生，聲叔（黃鶴聲先生）、謙叔（盧海天先生），加上我師父，一連演了十幾本《封神榜》，卻從未聽過他們有所爭執。除了《封神榜》，後來還有《忽必烈大帝》，也是三生；較早期的《帝苑春心化杜鵑》、《十奏嚴嵩》更是一代宗師薛五叔（薛覺先先生）、馬大叔（馬師曾先生）、白三叔（白玉堂先生）、任姐（任劍輝女士）同台演出，後來雙生的戲更多的是。那段時期難道大家真的為搵食而做嗎？不那麼簡單，主要是藝高人膽大，他們那一輩的名演員，各擅勝場，各有一套法門，同時他們都服善，你真有料，我便服你，不會胡亂爭持。他們大多數都不忌才，同班演出，各展所長，觀眾看得入神，演員演得入戲，何樂不為？

哪位老倌，哪一家戲最好，其實行內行外都有定位。我師父會跟祥叔（新馬師曾先生）與凡叔（何非凡先生）爭唱主題曲嗎？有段時間，勝叔（石燕子先生）當小生，每有他的班，幾乎都有一場是他大打北派的。以前大多數戲院有三樓的，當然三樓票價是最便宜，三樓的觀眾一見舞台上場門有一大扎靶子（刀槍之類的兵器）放在那裏，未見人便掌聲雷動，因為替勝叔處理武打的是我師兄小老虎（袁小田師父的侄子），該場未起幕，便將一大堆靶子放在上場虎渡門外，故意給觀眾預先看見的。那場北派當然十分精彩，掌聲不斷，全場哄動的場面，常常出現，那麼演文武生的豈非給他蓋過風頭嗎？答案是不會，一台戲，你好我又好，全台都演得好，不可以嗎？非得要只見你一個好，其他就要不好嗎？

亦曾經有一現象，唱新馬腔的女文武生梁無相，逢有她的班，必有一首主題曲給她表演的。試看看當日的情景，一台戲精英群集，我們行內所謂「頂針頂線，天衣無縫」，這才叫圓滿，但後來連全行大集會都少有頂尖老倌同場演出，我不敢說他們藝不高，但也顯出量不大。好像祥叔、凡叔、任姐、我師父等等，都重用人才，對我們後輩給予機會，還教你如何才演得好。他們頂尖人物同台，誰也沒給對手比了下去，怎樣碰都沒有輸贏的，只有你有你的好，我有我的好，合起來大家好。有料的文武生，哪怕你樣樣皆精，你會飛天，你仍是他的副車，叫好是全班的，顯出雍容大度。但少數也有不單忌才，連花旦多些掌聲，他都不滿！唉！怕人蓋過你，就是你的藝還不夠高深，才會心虛膽怯！

師徒

很多學者常談及師徒制，其實早已名存實亡，真正的師徒制，我是最後一人。拜師是由師父一手掌控所有行動，像父親一般，徒弟跟着師父居往，他去哪裏，你跟到哪裏，侍候在旁不用說。雖然我師父家有三個工人，有近身服侍師母的，打雜煮飯，更有司機，但有甚麼要我做的，我也得做，拖地、抹窗、侍候茶水、搽骨。我師父很少要我搽骨，倒是師母（陳秀雲女士）因有肝硬化病症，常常骨痛，我與師妹玫瑰女一同服侍，搽骨通宵達旦，早上還要繼續練功。有一次煮飯的玉姐有事回鄉，我還做了三天廚師，當然不是弄甚麼好菜，起碼有飯有餸，我師父因為明知我是替工，也就不難為我，有得吃便算。其實他倒容易服侍，每餐必有鹹魚，沒有鹹魚，絕對不行，所以我做了三天廚師，天天餐餐有鹹魚便可，其他的他兩位也不計較了。

師徒制的感情，起初當然談不上，我這個徒弟仔，像是寄人籬下，每事都小心翼翼，不敢胡來，但也很難中師母的意，給她罵變成家常便飯，初頭不慣，幾個月下來，面皮也厚了不少。當然有錯便一定要改，但在無端被罵時，那種冤枉的感覺，不久就淡化了。師父卻很少罵，除了演出上的錯誤，要就不罵，一罵就罵個狗血淋頭，還不只罵一次，可能罵足一個台期。記得香港大會堂開幕不久，有一台四叔（靚次伯先生）演《岳武穆班師》，一叔（陳錦堂先生）演張獻，我師父演岳雲，我演皇帝，頭場我一下失魂，指着一叔叫岳少卿，嘩！其實觀眾在第一場未甚察覺錯誤的，但兩位老人家一背台，指着我就罵，因那時沒有襟咪，我死頂演完這場，給罵足一個台期。

師父教規矩，教做人，做戲呢？不是每一下執手教。我本來跟着的老師，他一個都沒有反對，叫我繼續跟下去。他平日最喜歡玩車，很多名牌他都擁有過，甚麼標域（Buick）、潘迪（Pontiac）、平治（Mercedes-Benz）、積架（Jaguar）、雅迪（Audi）的前身叫 **DKW** 也買過。有一次他拍片太晚收工，汽車渡輪收了，他自己坐電船仔（嘩啦嘩啦 Walla-Walla）回家，那部車就停在九龍，我過海練功，他叫司機過了海，取了車，順便送我去練功，豈料中途發生意外，撞壞了他那部車，我心想糟了，不給他罵死才怪。回去後，他一句都沒罵我，只罵司機不小心，可見他是個講道理的人。

師徒間一直都沒甚麼發生，平平的過了幾年，直到演出《不斬樓蘭誓不還》一劇，提場沒派角色給我演，全台裏我只是《封相》有份演出，適逢那齣戲，人員眾多，有些演員一人趕幾個角色，我卻光是看着人家忙。頭兩天，對他也是個新劇目，哪有空注意我呢？到了第三晚，他看着我整晚都沒有妝身，他便問我演甚麼「角」，我說沒有份演出，他反應很大，停了一下，跟着說：「你話你幾無用，人人都一個去幾個嘢，你無份？」我不敢作任何表示，跟着一直沒理我，直到完了那台期。那台戲的服裝老闆李榮照跟我說，想訂我做小生，當然是中小型班，我也一定要問過師父。當我第二天早上，等他嘆完幾杯像墨汁一樣的普洱茶及一疊厚厚的幾份報紙之後（這是他每日早上八時許起床後一定的程序），他梳洗完畢，才敢開口問他。他聽我說完，看一看我，我那時正眼都不敢看他一下，就這一看之後，起碼有大半個小時，一聲不響，坐下了又起來走兩步，停下來又回椅上坐下。這段時間在我來說，比十年還要長，還要難過，好不容易捱到他開口：「都好嘅！橫掂你跟住喺大龍鳳都無戲做，出去捱吓啦，畀心機，唔好失禮人呀！」我才如獲大赦，於是便出外接班，離開大龍鳳。逢過年、過節、生日等日子，一早上他家裏叩頭不在話下，平時也問候，去班裏侍候他，總之我有空便去，不過後來我也越來越忙，便少見了一點，但他聽到我的消息，有不滿意的，便叫我上他家裏教訓一頓。他的性格怎樣關心，也不隨便表達的，對我的演出，二十四年來，連「不錯」、「幾好」都未說過。看完我演出《斬二王》，上後台，我剛好在換水衣，光着身子，他說了兩句話：「睇吓你吖，奀孱鬼命，第日靠你擔班就死嘞！」說完轉身便走了，後來回想，這已經是不罵的了。到了一九八四年，他在美國三藩市去世，算來我跟着他，只有二十四年。我這個帶回家拜祖先，上會館拜祖師，當着眾前輩受師訓的徒弟，承了甚麼衣鉢？有時總覺得汗顏！學做人，學做戲，我是否真的不負師恩？他的戲很多人都有演，但沒有一個人問過我，師父當年開山時是怎樣演的。

「承」我是承了，我「傳」得下去嗎？有人要你「傳」嗎？唉！慚愧！

師徒與師生之間

現在的人，老是說師徒制、師生制，往往將師生制等同於學院派，其實大謬不然。師生並不一定發生於學院，總之收費上課，便是師生，有學校，有課程，群體上課，有證書，有畢業，才算學院。個人設帳授徒，以前是有不少的，學多久隨你便，今天來，明天不來也可以，既不是學院派，也不是師徒，就算以前陳非儂前輩的「香江粵劇學院」，也不能算學院派，因為非儂四叔仍是有個別授課，也有三五成群的，卻沒有第幾屆，第幾班，更沒有證書，雖然口稱師父，卻實質是師生，因為收學費，不用叩頭上香拜祖師、拜祖先，而該學院也沒有文化課的，與真正的學院如粵劇學校、香港演藝學院，全然不同，所以並不是從那家學院出道，便算學院派。

以前有幾位名宿都設帳授徒，而且人才輩出。那幾位名宿雖是收費授藝，但也非常謹慎，教以真材實料。當然如果你這學生三朝兩日便離開不學，他也把你沒辦法，但你投他門下，他總是望你成才，因為你在香江粵劇學院學的，便全行都知你是跟非儂四叔學的。不同於真正的學院如粵劇學校、香港演藝學院，沒有人會深究這人是誰教出來的，因為只知那家學院畢業生，師資眾多，也有更替，誰都不須負責，就算有，也是集體負責。你畢業了，就離開學校或學院，此後各不相干，而新式師生，只教藝術，不沾行規，越是近年的，就越藐視行規，覺得這是幾百年前的東西，學來幹嗎？更加上下了課，就是下了課，畢了業就是畢了業，與一般學校無異，除了幾多週年校慶，碰一下頭，見一下老師之外，平時就各不相關，當然其中必有例外，但大多如此，難道那些教師不是戲班人嗎？不是戲班人怎教戲？他們是新時代的戲班人，是買賣式的授課，你給我錢，我教你戲，我為甚麼說新派呢？從前不也有集體上課的嗎？有！京班有科班，一進就六年、七年，但他們畢業後，師徒制的關係一點都沒淡下來，不信你問問坐過科的老師。科班好像也是不收學費的，但不管收不收費，因為古老戲班人是師徒制出來的，就算後來變了科班，他們總覺得「人死留名，豹死留皮」教出來的，不管你們稱為學生也好，徒弟也好，總怕佗名掛齒。以前我們也有「細班」，即從兒童開始，新馬師曾先生就是這樣出來的，雖然不是個別授課，但總是十分嚴謹，一絲不苟。那麼京班現在沒有科班了，改成戲曲學校，有分別嗎？我不敢證實，但我記得跟着袁師父的時候，聽他說坐科時，學戲都一齊學，最初不分行當，所以他們出科，各人都有超過一百齣戲在肚裏，還更是從開鑼到煞科，連鑼鼓點子，到音樂過門，連做帶唱，連唸帶打，從生旦淨末丑，到旗羅傘報【一】，一應俱全，全都要懂，所以他們一出科，便可搭班。後來一九六七年，我在台灣也認識很多劇校出來的人，他們每人只懂二十來齣戲，還更是只懂自己的行當。初聽嚇了一跳，還以為那人一定是懶蟲，後來經很多行家證實，那是千真萬確的事，為甚麼連京班都這樣呢？實際情況不得而知，如果這叫現代，我情願回到古代了。

古老戲

提到古老戲，現代青年演員視之為畏途，因為古老戲不論唱唸都是用官話。我卻沒有這種感覺，這可能因為從小，六、七歲在澳門，已接受丁叔（新丁香耀先生）的教訓，學做《楊宗保巡營》，一開頭學的便是官話，到了在港拍了電影之後，頭一次正式踏台板，演出《山東響馬》也是全劇都用官話，所以可能這個原因，我對官話不只不怕，反為覺得格外有戲曲味道。

說到官話這名詞，很多人都大惑不解，其實如果明白中國帝制時代，帝王最怕官員在某地方形成勢力，所以大多數都跨省為官，故此廣東的官員大部份都是外省人，未必懂廣東話。如果你要與官講話，就非得要學官說的語言不可，其實那種語言就是中州韻，亦即是中原音韻，大概是河南省一帶的方言。因舊時中國的版圖就以那裏為一國的中心，故被稱中原地帶，中州韻就因此而起。我們從祖師爺來廣東，教徒弟組織戲班，學的就是中州韻，因為祖師爺都不懂廣府話，而中國大多數劇種都是以中州韻為主，除了丑行、小旦、二花臉等，有些調笑成份的行當之外，都以中州韻唱唸居多。你看京劇，其實都不是北京話，而是中州韻，像楊六郎的「六」字唸成好像「露」字音，為甚麼不像北京話的「溜」音呢？所以各地方戲其實都多以中州韻為主的。

我跟袁師父練功，學國語，所以連國語片都能拍；跟我家超級表兄，清朝兩廣水師提督，黃花崗七十二烈士的監斬官李準的兒子李景武學京戲，便學中州，故此比較接觸多。以前演出，凡有一些口白，二人對答的，有些前輩還問：「輝仔，一陣段口白你講正字，定係白話呀？」正字就是中州，白話當然就是廣府話了，海陸豐戲有分正字戲、白字戲的。我們從幾位先輩一番改革成為現在的模式後，古老戲越來越少人教，亦少人學，我在出道之時，大多數都還是先教些古老戲做底子。生行起碼甚麼《平貴別窰》、《金蓮戲叔》、《打洞結拜》、《山東響馬》、《西廂待月》等等，都要學一些，當時叔父輩稱這類戲為嫁妝戲，你不懂的話，就是沒嫁妝，沒嫁妝就恐怕嫁不出去，所以一定要學一些。我學了《山東響馬》下半截，不久便跟兄長到上環見靚少鳳三表舅父，他教我兄長《打洞結拜》，生旦也一齊學，當然不是個別授課。本來我太細年紀，只是來玩玩，但表舅父見我較得意，便叫我一齊唱一齊學，所以《打洞結拜》我真是一叮一板學回來的，但學了幾十年未演過。直到一九九九年後，才有機會與逑姐（陳好逑女士）演出，這機會也是十分偶然，就是一次演出，演四個古老折子戲，我與逑姐演《梨花罪子》，其中有人演《打洞結拜》。另一次差不多的組合，我與逑姐演《金蓮戲叔》，逑姐看了兩次不同組合的《打洞結拜》，我剛好站在她身旁，她對我說：「阿輝呀！我學好似唔係咁嘅嚡！」我答她：「我學都唔係咁㗎！」於是我打蛇隨棍上：「不如我地做一次啊！」她馬上答應，十分興奮的我便找到了機會，與她演出我們學的版本。我們都恐怕古老戲會失傳，所以一有機會便演，但因為觀眾都不甚聽得懂，必須要有字幕，猶幸經大眾前輩們肯多演古老戲，也算形成了一種風氣，就是久不久，便有古老戲上演。青年演員也必須學些，希望日後能繼續這種環境，可以令後學多學古老戲，打穩基礎，因古老戲的程式，楷模是十分符合戲曲標準的，不學古老戲，又哪裏來戲曲感覺呢！

▲ 與逑姐陳好逑演出《打洞結拜》劇照

遊樂場

遊樂場是很多戲曲演員的搖籃，包括我在內。我演得最多的是啟德遊樂場，當然荔園也演過，連一些臨時以鐵皮搭建的遊樂場都演過。演固定的遊樂場那時大約一演就演一個月，當然也有例外的，但一個月比較多，天天演不同的戲，逢星期日還有日戲，便是一星期演八齣戲。我那時還未夠經驗，有很多戲還未演過，雖然是演文武生，有權交戲，但也不能說我不熟的戲便不交出來做，難道要觀眾常看你演熟的戲嗎？而我自己也希望多演不同的戲，吸收經驗，所以遊樂場是我去實踐、學習、磨煉的最佳場所。

我較熟悉的便是啟德遊樂場，當時一叔（陳錦棠先生）倡議將啟德給新秀做場地，匯集了好幾位前輩，聯手打造啟德遊樂場，做一個為培養粵劇人才的搖籃，於是不論前後台都一絲不苟。後台從經理到會計、事務等等位置，都是由天皇巨班的人員出任，他們包括「仙鳳鳴」經理徐時、「碧雲天」辦事人關亨（也曾主理荔園粵劇場多年）、老牌紅船櫃檯褚森、香港八和會館會計楊宗乾，全是大班人馬，掌板高根、音樂頭架鄧鏡坤，也是一級拍和；中層長期的有鍾兆漢、張九齡、李文亮等，總之支援十足，支持新秀。後來不管是從蘇蝦仔便進搖籃，還是大個仔才進搖籃，總之透過這搖籃而上大班的，包括文千歲、尤聲普、林錦堂、梁漢威、羅家英、余惠芬、尹飛燕、南鳳、吳美英、陳嘉鳴、賽麒麟、譚定坤、新海泉、林少芬、新劍郎，當然還有我。現在回顧，其實啟德遊樂場是粵劇界一個值得紀念的，一段輝煌的歷史。

啟德遊樂場是當時在遊樂場中，辦得最好的一個粵劇場，荔園是環境所限，而且主旨是「有得做住」，與啟德的栽培新秀，截然不同。雖然荔園幕後也有一個好的團隊，主理陳覺非、簡仲棠、掌板陳少倫、音樂鄧鏡坤，後來鄧鏡坤過檔了啟德，令啟德團隊更完整。我記得啟德當時還有打洋琴的石剛、吹嗩吶的關榮，都是高手。不管台前幕後都在培育着人才，還有一段時間，長期在啟德的前輩徐雪鴻，他是我恩師之一，就是因為在啟德，我在演出時有疑問，便馬上請教，他也一絲不苟地教我，所以在啟德我已演過《西河會妻》、《六郎罪子》。凡有老牌武生在團，我便做《六郎罪子》，我是演楊宗保，順便偷師。那些武生包括新金山貞、何劍峰、還有一位也是少鳳表舅父的徒弟潘少珊，位位都是真材實料。他們年紀大了，又不習慣看新劇本，所以較為失意，但凡一做古老戲，這眾位前輩便英雄有用武之地了，所以啟德能栽培新秀的原因，就是其他配合的，都是根基紮實，也曾是中上型班的正印武生。

後來時移勢易，新戲湧現，古老戲下坡，前輩們便有才難展，有志難伸，所以凡有這些機會，這群有料叔父便施展渾身解數，給我們眼界大開。當然如果你不熟的戲，便埋首刨曲，目不斜視，遇着熟戲，你日間吃喝玩樂，跳茶舞，打桌球，遲遲才上台，那麼這個多功能搖籃，便等同廢物，所以價值觀是最重要的，日子一天一天的過去，常聽人說，不只說，歌都有得唱：「如果沒有你，日子怎麼過？」歌裏面的「你」，你可以當成戲曲藝術，這個「過」字可以是水過鴨背，也可以是過煉獄，過木人巷，大家都在過，也始終會過，過了你得到些甚麼？這才重要！

同台

很多人學藝都忽視了，學了之後怎樣演出？以前，我們戲班是「跟着」便是學，所以班中出現了一些人的身份叫做「帶」（音「攋」）。這是口語同音，大概有些土話成份。那麼這類人真正的身份是甚麼？是某名演員接班時，必有一張橫頭單，寫了一堆名字，就是說你請這位名演員，就要聘請那單中的人士，其中有部份真投入工作的，但有小部份人，連見都沒見過，便支薪水的，這合理嗎？誰都知不合理，但當時社會裏的戲班，就是這樣，所以有很多人是跟過某名演員，而又不是徒弟，那就是這種「帶」出來的。

其實我也曾經當過「帶」，因為我叩了頭，拜了師，順理成章便「帶」我入大龍鳳劇團，而大龍鳳又已經訂夠人的了，因為它差不多算是長期班，雖然不支月薪，但人員都是固定的，那麼我這個徒弟，可做甚麼呢？所以我師父一不許我論人工，二不許我論地位，三他一上場，我便要看，在旁邊學，他說：「兩邊虎渡門都唔見你，返嚟我就打你！」為甚麼我特別要提這「帶」呢？未有地位時，要靠人「帶」入班，你便稱跟某某人，開飯時就將你列入某老倌的圍數單裏，所以戲行論輩份身份，時常聽到：「佢跟乜哥嘅！」我雖然也是「帶」，但我是名正言順拜師的，而與我一齊的玫瑰女，只算是「帶」。她提起也只說：「我跟六叔嘅！」不敢說是徒弟。我對外常承認她是我的師妹，但她自己卻覺得不是叩頭拜師的，就不敢認。

寫了那麼多甚麼「跟」？甚麼「帶」？其實想道出一語，就是與名演員，與有料的前輩同台的好處。以前規矩，禮教嚴謹，雖然不是叩頭拜師的，但如果他「帶」着你入班工作，你做錯他有責任教，當然就是罵，但不能不理，因為有人會投訴，所以跟到好演員，已經是半個徒弟。再說好演員的對手，當然多數也是同級的好演員，你想想，天天侍候着一輩名演員，耳濡目染，不一定一下一下的學，但每日學一點，更加上以前一齣戲，閒閒地也做兩個台，即十四日，天天對着同一齣戲十四天，染布都染到入色了。

其實我們對上一兩輩的人，很多時言談間都是說：「當時我跟住乜哥做乜戲，嘩！怎樣怎樣精彩！」都用個「跟」字。「跟」並不一定學他跟的人，我的師公「自由鐘」演玩笑旦的，難道我師父是玩笑旦出身嗎？但是「跟」，如果你有心，不單在你所跟的人身上學到東西，就連同台的好演員身上，也吸收到好東西。就以流派為例，薛派的新馬師曾、陳錦棠、麥炳榮、陸飛鴻、黃超武、黃鶴聲、張活游、呂玉郎……都不是叩頭徒弟，是在「覺先聲劇團」一同演出，當然很多後來成為自創一派的大師。其實同台演出的吸收，是勝過很多方式，當然一招一式把功練好是必須的，台上吸收是加添戲的養分，對戲的處理、輕重、鬆緊，掌握得如何，就視乎你與高手同台，將吸收到的東西，怎樣發揮了！

錯得多

行內有句常聽到的話：「學不如睇，睇不如做，做不如錯，錯不如錯得多。」這是甚麼話？竟鼓勵人去錯，還要錯得多？當然不是這個意思！你老是去學，不知人家是怎樣做，是不行的。你去做，一般的做了，平平無奇的做了，誰都不會再為你加工，包括你自己。到你出了點錯，有人罵你，你會更深入的檢討，所謂舉一反三。至於「錯得多」這一句，最易給人錯覺，君子不二過，怎會錯得多才好呢？其實是指不同的錯處，因為你錯了，給人罵，當然羞愧，尤其在百眾眼頭的場合裏，既然難過，便必定生記死記，記住以後不再犯錯。錯得多，就是要你樣樣嘗試，錯了再改，多方面都錯過，就等同你樣樣都加了工，樣樣都曾經仔細研究過，你說多好！

我從大龍鳳跟着師父開班開始，便專心尋藝，因為戲份少，我是第五個「生」，其實是「拉扯」頭，好聽一點叫「腳色」尾，上場時間不多，在虎渡門邊學藝的時間多。從等場的時間，如果集中精神，雖然很多前輩還喝茶、吸口煙，但從眼神感覺他們在集中精神，準備上場演戲，有些還暗裏用手比劃比劃，到上場鑼鼓響起來時，他們那腰一挺，步一邁，上場時是令人感覺氣勢逼人，當然看角色身份安排的，演書生又當不同，但總是有名角登場的感覺。

在大龍鳳，芬叔黃千歲前輩是我的偶像，有修養，化妝數一數二的仔細，演起戲來，十分骨子，演武將，眼神銳利，但不兇狠，所以我演武小生的角色，就是吸收了芬叔的神態，他沒有真教過我，但他後來罵過我一次。那時我還年輕，以為多多聲氣作為陪襯，他在台口就罵，當然他罵人也不很兇惡的，回來我再認錯加請教，他就教我：「呢場戲你係主，你就盡量發揮，他人係主，你只能陪襯，但陪襯得來，不可喧賓奪主。」這是台口的分寸。

其實當時大龍鳳最有身份地位的，不是我師父，也不是女姐（鳳凰女女士）。聲哥（林家聲先生）、逑姐（陳好逑女士）更是新紮有為的年輕一輩。本來演武生的少新權權叔，年輕時曾號「金牌小武」，但那時不復當年之勇了，所以甚麼都沒意見。最權威的是六姑譚蘭卿女士，有甚麼難決之事，都向六姑請教，尤其我師父曾在「太平劇團」做過一段時期，當時六姑是正印花旦，地位不同，尊卑有別，而六姑雖然脾氣不好，但也不至於蠻不講理。她轉了丑行，也頗成功。我是很怕她的，不是怕她罵，只怕她常講粗口，大庭廣眾與女姐大講鹹濕笑話。那時年輕面皮薄，唯有避之則吉，尤其我在童伶時，有一次演女姐的兒子，戲裏給人毒死了，便躺在台上，女姐與六姑抱我埋大帳，六姑細細聲對女姐說：「喂！不如除咗輝仔條褲吖啦！」這一驚非同小可，因她兩位乜都做得出的，我馬上用手拉褲頭，女姐說：「死仔！你唔好郁呀！你死咗㗎！」一想，對！我演的角色死了，當然不能動，那時真嚇得面無人色，好彩她們是講吓便算。女姐的刁蠻戲、陰險戲，故然眾所周知是一流的，但悲劇也有一手，所以舊輩出身的人，藏着不少寶貝，可能一輩子都未拿出來的，他們都不是一般人看到的一面那麼簡單。

志大才疏

知易行難，有心無力，志大才疏，這一堆形容詞，都是說雖然你有雄心壯志，做得來嗎？可以成功嗎？真的事非經過不知難。記得我們一群志同道合的人，組織了「香港實驗粵劇團」，為的是想為粵劇尋一條路向，因為覺得粵劇太因循了，更見有些前輩演員十分不認真，用上很粗俗的言語去製造笑料，很多時很嚴肅的戲變成鬧劇。另外就是劇本粗糙，演出時間過長，有時所有交通工具都停了，而戲還未停，還在演，更難接受的就是粵劇的劇本，被鴛鴦蝴蝶派霸佔了近一百年。推行了六柱制之後，因為有正印花旦、第二花旦兩個位，有了位，請了人，就不能沒角色吧！於是甚麼歷史故事、古代名著，一到了我們粵劇手中，就非得加上生旦的愛情故事，如何不合理，不管，沒有花旦不賣錢，沒有愛情戲不賣座。迫使我們把很多好戲束諸高閣，當時除了生旦，不管甚麼名家，甚麼大師級的演員，都只能當配角，所以武生王靚次伯四叔感慨地勸後輩：「唔好學做武生，無前途㗎，做到我咁又點吖？」這幾句話包涵着多少辛酸，他與波叔（梁醒波先生）兩位，在我們心目中是天皇，是大師，連他們都沒有一齣戲是擔正的，更遑論其他人了。

我們一群人，在群策群力下，成立了「香港實驗粵劇團」，多少次的實驗，三十多人的大樂隊伴奏，短劇、中劇演出，極度新潮的佈景。當然你們實驗便是嘗試，觀眾可以說：「我為甚麼買票看你們嘗試，你試驗成功，才叫我看吧！」也許不能說成功，但十幾年的精神心血，沒有白費，現在的佈景不是簡潔了嗎？落幕時間不是短了很多嗎？有時還不落幕換景，還有最重要的就是，非鴛鴦蝴蝶派的戲也有人看，也賣個滿堂紅，對我們這一群當年拼着一股傻勁去衝鋒陷陣的人，算有所安慰的了，所以到了後來，我再與幾位「實驗」

的戰友組織「粵劇之家」，其實那名稱是「香港粵劇發展有限公司」，後來高山劇場有一連串的計劃，我們要配合，便用了一個簡化的名稱「粵劇之家」。最初有人誤會，以為我們可以容納行家在那裏面居住，嚇得我們急忙地澄清。

其實「粵劇之家」可說是「實驗劇團」的延續，但隔了十幾廿年，還實驗不夠嗎？而且我們都不再是小伙子，你們還想實驗甚麼呢？其實我們還有抱負，多少好看，有戲曲藝術成份的戲，被埋沒了，舉個例子，一九五九年八和會館主席關德興前輩要重演例戲《玉皇登殿》，當時已經稱為「挖掘傳統」。那次集合了全行叔父，每人記一些，拼湊起來，我是在演員名單之中的，可是召了我入伍，卻沒角色派到，因為太細個，但我卻有福看排戲。記得有兩位棚面前輩，為哪裏用甚麼牌子曲而爭持，初則口角，繼而動武，嚇得我面都青了。還好有我的老師黃滔在座，因他負責記錄，他從中調停，而他也孔武有力，把兩人分開，那時已經很多人都未見過這齣例戲了。後來成立了「粵劇之家」後，不斷的鼓吹八和會館召集重演，卻一直不成功。直到一九九八年，我覺得再不演，這戲便再難見天日，因為前輩們一位一位的走了，於是我又向八和提議，又不得要領，反覆思量後，決定咬實牙關，我們「粵劇之家」在香港文化中心，召集了近百位台前幕後的精英、前輩演出了。

演出前，我和普哥（尤聲普先生）、新劍郎，各自找古本，我猶幸有滔叔（黃滔先生）留下的，一九五九年他親自抄錄，後來印製成書的《玉皇登殿》劇本，連白、連唱、連鑼鼓音樂、動作、穿戴都記載到一清二楚，更幸有新金山貞前輩為我們一一解說，他還負責排練，那年他已八十八歲了。我與新劍郎也去了馬來西亞拜訪了蔡艷香，去廣州拜訪了蔡群玉兩位前輩，各方支持，「粵劇之家」的《玉皇登殿》演出了。

一九九三年在高山劇場進行為期三個月的「粵劇之家試驗計劃」，活動內容計有新秀培訓、新秀演出、研討會及各類講座。往後「粵劇之家」也在很多地方，曾開過短暫的教習班，不管是推廣演出、講座、進校互動，做了無數的工作，包括粵劇教育、培訓、推廣研究及資料整理與保留傳統的研究工作。「粵劇之家」亦重演了不少古老戲與新編舊戲，計有《醉斬二王》（一九九四年）、《趙氏孤兒》（一九九五年）、《大鬧青竹寺》（一九九五年香港藝術節）、《長坂坡》（一九九六年高山劇場開幕）、《趙氏孤兒》（重演）、古老排場粵劇《西河會妻》（一九九六年香港藝術節）、復原性粵劇《玉皇登殿》（一九九八年亞洲藝術節），掀起了一連串的復古演出。此外亦舉辦「粵劇基礎訓練課程」暨傳統做功基本功訓練及錄像資料保存。

怎樣傳？

承了，怎樣傳？我在最忙的時候，忽然想到「承傳」兩字。我也承了前輩很多東西，但怎樣傳呢？心想我學了，上台演出來，不就給人看到，便傳了嗎？後來想想，有沒有那麼簡單？哦！是了，把學到的東西去教人，不就是傳嗎？對！這是傳！但我一向都自省其身，我有資格教人嗎？

好幾十年前，有些書院找我做些講座，說說粵劇，我有去做的，當然講的只是皮毛，直到王粵生老師帶我入香港中文大學的中午聚會，他在裏面開班教粵曲，但他說他很怕講座，要我去講。因為他與我的其中一位老師林兆鎏先生，是如兄弟一般的感情，所以他也視我如子侄。去香港中文大學講，當然講粵曲粵劇，於是我便講了一些抽象的意識，抽象的動作，拿着馬鞭做着動作，邊動邊講解，大概還可以吧！於是王老師一有機會，便把我帶去香港中文大學做講座了。斷斷續續的講座，不知怎的，我去過九龍瑪利諾書院及拔萃女書院做講座，又去過澳門聖若瑟學校，都是講座，其他還有很多，但記不起了。

較具體的要說回歸前，一九九六年教育署的湛黎淑貞女士告知，想粵劇能入教科書。

▲ 於 2013 年在八和粵劇學院指導新秀吳立熙

我當時喜出望外，一直以來，粵劇從未在正規教育裏出現過，於是順理成章，我加入了她組織的一個委員會，當時是榮鴻曾教授做主席，恰巧我與榮教授又很久沒見了，是幾十年的朋友，這機緣令我正式投身教育工作。該委員會努力下，製作了《粵劇合士上》光碟及書本，近年還有《粵劇合士上——梆黃篇》，總之這委員會到現在還未解散。

到了二〇〇一年，鴻曾兄邀我在香港大學為粵曲導師，幾十年的交情，當然一口答應。那時我預計的四十小時課程，以為足夠將粵曲的方式，曲式的類別，都可教齊，誰知大謬不然，四十小時不夠用，因為我平常說得快，學生消化不來，所以我那次經驗

▲《粵劇合士上——梆黃篇》2017 教材套簡介會——於簡介會上向參與教師介紹粵劇梆黃的演唱、演繹和欣賞要點，並且作現場示範演唱。

是失敗的經驗。二〇一〇年我在香港理工大學做了兩年駐校藝術家，做了一系列的工作坊；二〇一一年又在香港教育大學（前香港教育學院）做過駐校藝術家，當然亦有講座、工作坊之類；香港城市大學、香港科技大學也有講座，一連串的推廣之類的東西，加上有課程的教學，開始習慣了面對學生，加上與港台合作，連同教署，「粵劇之家」做了一系列入學校的推廣活動。我與鄧美玲、葉世雄、新劍郎及工作人員，帶同枱椅去學校的禮堂演出。先介紹中國劇場與西方的差異，然後我化妝，由新劍郎與學生玩互動環節，再下來我與鄧美玲演一小段折子戲，是我編的，是《櫃中緣》的故事，當然要加些動作，於是加上《拾玉鐲》的動作，繡花、趕雞、開門、關門、上馬、落馬、上樓、落樓，全部都是抽象形式，大約去了三十間學校，反應還真不錯。後來黃肇生與新劍郎向康樂及文化事務署建議，聯絡各校，送學生到劇場看戲，這意義便失了，因為五、六間學校匯集在劇場，在老師的監督下，學生們大多數都噤若寒蟬，比較在他自己的學校禮堂時的活潑，真有天壤之別，所以後來我就沒參加了。但去了三十間學校，做這類活動推廣，也啟發到我往後的思想路向。

希望與失望

常聽人說失望，甚至絕望，我不是悲觀的人，但也不樂觀，不是凡事都樂觀。你看現在粵劇前景，我就抱着「自我樂觀」的態度，也就是我常掛在口邊的：「我又能怎麼樣？」

好像我每年做香港學校音樂節粵曲比賽評判，常常發現天才，卻又一轉眼便不見了。當然香港的教育制度是殖民地制度，千萬不要觸動歷史、民族，所以體育最能發展，音樂繪畫大概還好一點，戲曲，你別作夢！因為戲劇已經容易觸及民族歷史，戲曲就更加容易代入。我們演的是中國古代的故事，尤其我們是高台教化，是教育的一部份，故事裏鼓吹忠君愛國，更以漢族人為正統，殖民地怎會給你發展？但想不到的是回歸後更……我相信我們粵劇的將來就是康樂，因為現在養着一大堆會寫計劃書的人，便可以過平安的日子，因為藝術界、演藝人不會去造反的，逆來順受的，本來希望回歸後，中國化一點，不那麼崇洋，結果是政府更崇洋，當然未必是上頭的主意，但這些接班人惟恐不夠英化，覺得這才是五十年不變，結果令我們失望。我真想問搞甚麼？粵劇給弄得啼笑皆非，有藝術天份的孩子們，有幾個真能在藝術界中發展？

十幾年前，黎鍵兄尚健在的時候，民政局想我們發展油麻地戲院，當然只是問計於我們「粵劇之家」，我們談好了，於是籌了一筆錢，也是申請回來的，找了則師將第一、第二兩期計劃做了一個詳細的書面報告。三數月後，接到消息，不要再想這個了，我們便放手了。不久又聽到政府再提及油麻地戲院，之後還真的動工了，幾年後完成改裝加固，重新開幕，與我們初心一樣，成為粵劇搖籃。我們最初是因為沒有了啟德、荔園之類的遊樂場，便希望油麻地成為搖籃，不管誰主管，同一心意，同一發展，我當然十分歡喜，更答應成為其中一個總監。我們的心態，盡量支持，栽培新秀及未為人識的中年演員，當然報名踴躍，本來是件好事，但幹下去，就常令人費解？新秀們報了名在油麻地演出，日子填報得一清二楚，到有總監派他演出時，不可以，在外面接了演出，那總監頭也大了。總監想將他生平藝術，灌輸入油麻地新秀的藝術生命裏，但新秀不珍惜，有新秀拒演，有新秀說：「我演熟了那個版本。」我遇到過多次，是新秀指導我們，不是我們指導新秀，不過當中也真有好的苗子，有好的材料，我惟有啞忍着，能教便教，對真用心，真勤奮的，就着意栽培，還幸有這種年輕人。也本着先賢有教無類的訓示，記着我受過多少先輩的傳授，我該交還後學，但數一數，有多少人肯承你的「傳」呢？有肯定有，但不多，所以說你要傳，但誰要你傳呢？唉！一厢情願！

做了些甚麼？

我都忘了從甚麼時間開始，從事一些表演以外的活動，大概是上世紀七十年代初期吧！有研討會、專題的講座、推廣活動、興趣班、工作坊，到真的上課、教唱、教做、教練功、教編劇，我的演出還非常頻密的時候，已經是這樣。我一直不敢靜下來想，因為我不敢想，我做了些甚麼？對粵劇有甚麼好處？我本來覺得學戲有老師教便可以，我在其他場合，胡說八道合適嗎？但有時又覺得說說也不妨，不過一直都沒有甚麼特別感覺，直到有一天，我發覺不能！內地或香港，粵劇演員唱就用聲樂方法，行就是舞蹈的步伐，身段全北方，又不踏實的學，真的「北」，不要緊，但卻是拿槍不是槍，拿刀不是刀，天啊！怎會變成這樣？

我的另一半鄧拱璧給我搞了班「朝暉粵劇團」，招攬了一班新秀，做了很多屆，後來有一些已闖出了名堂，倒算有點回報。初期的「朝暉」，因為我們真的經營，不靠政府資助，反被人懷疑從中取利。唉！他們覺得我們這兩個老江湖，不會那麼簡單的！小人之心度君子之腹，這世界就是這樣！我常說：「又能怎麼樣？」知我的人常說：「都要想辦法㗎！」我結果都是見一步行一步。她很有心，開了一個「暑期粵劇體驗營」，最初由香港大學專業進修學院主辦，在嘉道理石崗中心來個四夜五日的推廣培訓，用深入淺出的方法，令小孩子認識粵劇。到了第二年，便由香港藝術發展局資助，我們延續下去，斷斷續續的做了五屆，成績不錯，有不少成員已投身粵劇界，當然再投師學藝的，不是在「體驗營」五天，便能當演員。

每年香港的「粵劇日」，總會請她去介紹粵劇，開一個示範講座，講由她講，當然由「朝暉粵劇團」成員示範。為甚麼會請她講？因為她懂英語，又懂戲曲，所以有外國遊客參與，她也能應付。講了好幾年，她忽發奇想，不如去外國推廣粵劇及戲曲，不是更好，推得更廣嗎？我一想，覺得光是介紹這個那個，甚麼服飾穿戴，像上課一樣，不夠吸引，後來她便想到不如編一齣舞台劇去介紹戲曲，反正女兒曾慕雪也是舞台劇演員，也學過導演，於是幾人一商量，便合眾人之力，組成一個「戲裡戲外看戲班」的團隊，首先出發去愛丁堡藝穗節演出。第一次當然有點緊張，這藝穗節非常值得參與，就算你沒有演出，去參觀也是值得。這節目連續一個月，三千多個藝團去參與表演，每一劇場，一天到晚，不停有節目，我們演出的劇場，每天五個演出，總之十五分鐘前才可以進場，十五分鐘內要把一切佈景、道具、服裝弄好，依時開場，完場後十五分鐘內，要把一切放好入箱離開，真像走警報一樣。兩星期下來，有非常好的回報，不知甚麼時候，有劇評人來看過，最高級別是五星，我們這劇得了四星，很開心；跟着有歐洲藝評人聯絡，下一年去了比利時、荷蘭，最難得獲邀參與意大利歌劇節。回港後，香港人一概不知，尤其政府人，知了也無用，倒是北京看了歐洲的藝術評論，請了我們去北京演出，之後我們這團隊去了無數地方，

▲ 暑期粵劇體驗營——高潤權伴奏學員練唱

▲ 暑期粵劇體驗營——學員練唱

▲ 暑期粵劇體驗營——詹浩鋒教習單刀

▲ 暑期粵劇體驗營——早上嗌聲

▲「戲裡戲外看戲班」的鄧拱璧、曾慕雪

現在還未停下來。

我想，推廣又推廣，「廣」到很多很多觀眾，我們粵劇把甚麼給人看？就算我現在在香港中文大學教書，也只是教戲曲知識，戲曲歷史之流，能出一個好演員嗎？我是做演員的啊！不禁問：「我能怎樣？我做了些甚麼？」

編劇班

在上世紀五十年代，粵劇的編劇家其實不少，當然不是個個都像唐滌生及李少芸兩位那麼響噹噹，但為甚麼觀眾似乎並不注意？我出道時，仍然活躍的尚有潘一帆、陳恭侃、盧山、梁山人、孫嘯鳴、呂永、潘山、葉紹德、蘇翁、盧丹、韓迅；六十年代，徐子郎、潘焯、盧鐸，還有些記不起名字；但後來便只有蘇翁及葉紹德兩位了。

我出道的時候，每台必有新戲，所以需求大，尤其是大名氣的，唐滌生、李少芸兩位都有些幫手，以現代名詞謂之集體創作。那時幾乎每一兩星期，便出現一齣新戲，人始終不是機器，哪有這麼多新故事呢？所以除了集體創作，就是炒冷飯，舊戲翻新，最好舊到沒人知道，沒人記得的戲，翻了新便沒人認得；另一種就是自己作品翻炒，改了一些便上演，也有改了劇中人名，改了劇名，便當新戲演出，甚麼形式的，我都見過，所以現在的演員常有疑問，明明不同劇名，為甚麼裏頭是同一樣的呢？更有些是因為避免觸及版權，於是改了戲名的，總而言之，上述林林總總的伎倆，層出不窮，當然有些真是迫不得已的，例如殺到埋身，下星期要演出，編劇劈炮亦有，迫到交不到卷亦有，於是臨時找人救命，急就章生一套出來亦有，將舊劇換劇名又有，但不管是不是迫不得已，其實也都應算欺騙觀眾，不過也有人詭辯：「與其做套新嘅衰戲畀你睇，不如做齣好嘅舊戲畀你睇好過啦！」這雖云強詞，但還真有點道理。

其實舊劇也有很多不成戲的劇本，後來更沒有人學編劇，所以老編劇家走得七七八八的時候，便只有德叔與蘇翁了。他兩位都學唐派，但各擅勝場，一位「唐滌生」給他倆撕開兩邊，所以兩位的作品，我們做慣的，一眼便知龍與鳳。蘇翁的作品，大堆頭，大袍大甲，就算沒有甲，也要有袍，滿台人頭湧湧，迫身唔轉，我們常取笑他怕黑，要搵好多人陪住。他對處理人多的場合，真有一手，問起根源，原來他在廣州時，最愛看佳叔靚少佳的戲，佳叔是出了名擅演武戲、袍甲戲的文武生，所以蘇翁見慣見熟，多人場面乃家常便

▲ 與蘇翁、葉紹德、陳守仁於講座中合照

飯，只有生旦二人的場合的比重，較其他編劇輕一些。而德叔則恰恰相反，他最愛寫生旦談情，花花月月的唱段，喜歡精雕細琢，像繡花一般繡出來的香詞艷句，所以他不想有其他人在場，千方百計想個辦法趕走他，做小生演他的戲是最舒服的。

兩位性格、喜好截然不同的大編劇家，不約而同與我的交情都很深厚，我對兩位的關係真是亦師亦友，兩位都比我大十多年，蘇翁比德叔大少許，難得兩位都非常明大體，心知劇本荒，不夠編劇人才。有一天在中央圖書館，兩人少有的聯合講座，我也叨陪末席。

當兩位談得興高采烈之際，說要栽培編劇人才，我眼見這千載難逢的機會，便馬上打蛇隨棍上，倡議恭請兩位聯手教編劇，開編劇班。難得兩位大師不假思索，異口同聲的答允了，此語一出，登時引得哄堂掌聲，我倒忘了還有誰在坐，總之當場就有人肩承重任，向政府申請。各人滿懷希望的離場，還約定了後續，何時約開會，怎樣申請，誰人填表等等，好像事在必行的。豈料一拖拖了一年半載，我還很着力的追，當然不是我去申請，我沒有權追任何人，只好問兩位大師，他們也覺得像石沉大海一樣，追了幾次，好像回說要由甚麼委員會，然後向某局申請，總之繁文縟節，多不勝數，再拖我也忘記拖了多少時候，大概也有兩三年吧！

一天，蘇大師一聲不響的去了極樂世界，據說他覺得不舒服，還是親自打九九九叫救傷車的，但進醫院便返魂乏術了，他走得瀟灑，遺憾的只是我們一班等候他倆開班的後學。兩位大師的編劇班開不成，那麼德叔也是夠資格獨力開班的，於是又奔走了一陣子，直到有一天，德叔約我陪他見醫生，醫生證實他患了癌症，各人霎時間晴天霹靂，停了很久說不出話，出了醫務所，德叔第一句話就是：「阿輝！快啲搞個編劇班，我驚我教唔切！」這句話，我現在寫出來還在哭，試想他老人家有多熱心，於是我與奇哥（李奇峰先生）商量，他也出了萬鈞之力，促成了由香港大學與八和會館聯合主辦的編劇班，猶幸招了生，還是德叔親自面試的，開了很好的頭，但卻真的應了他的一句話，他真的教不完，到了下半期便囑咐我們撐下去，一定要完成。我們沒辜負他，可嘆將近結業時，這一班學生便要參加這位大師級老師的喪禮。唉！政府要那麼多委員會來做甚麼？

對談

香港一直捧着自己是國際大都會，由上至下的，每一級政府的人，都給自己戴着這頂榮耀的帽子，很齊心地像有些出賽的馬匹般，戴上眼罩，只看喜歡看的東西，從來不會靜下來照照鏡子，看看真實。一向以來，為甚麼香港被譏為「文化沙漠」？不是別人惡意醜化香港，是香港以前是英國殖民地，殖民地不會發展文化，是天經地義的事，但回歸了，竟然連個「文化局」都沒有，是世上天大的笑話！某某國家、地區派了一位文化部長、局長之類級別的高官來訪港，我們就由民政事務局局長接待，以民政對文化，這不給有識之士嘲笑才怪。這未算怪，怪的是政府人都有意無意之間，盡量避談「文化局」這三個字，更有甚者，有些接近政府人士悄悄說：「小心文化局會變成中宣部。」我十分驚訝地看着他，怕甚麼？中宣部會吃人嗎？再說，難道香港沒有文化局，中宣部就沒渠道插手嗎？這些天真爛漫的老人家，睜開眼睛看看世界吧！最沒有文化的地方也有專門管理文化的機構。英國留下的習慣，死不放手，每天嘆個英式下午茶，我都喜歡，即管嘆個夠，但阻礙文化局成立是居心叵測。甚麼局都是有透明度的，做得不好，到時一齊發聲罵，現在看看，一點長遠文化政策都沒有，失禮人！當然失禮的是我們中國人、香港人，去叫英國取消文化部吧！這還不止，還學了看不起中國人，看不起中國的任何東西，開口就國際性，埋口就國際承認，所以家長們希望小孩學西洋音樂、西洋藝術，因為到外國去，可以找到人承認。你唱廣東話，搞中國藝術，雞同鴨講，找誰去承認你？雖然日本是我們的敵人，但你看看他們自己的「能劇」、「歌舞伎」、「相撲」，根本就不用外國人承認，因為他相信自己的人民，全國人民都承認它，哪用管外國的資格和制度。

香港藝術節起初一定有粵劇節目的，後來就停了一個時期，我不是不了解，我們戲班人少接觸現代化的機構，對於運作方式，或有不善之處，但也不是無可解決的事。如果你覺得香港藝術節裏，粵劇是可有可無的，你當然就不會去解決困難了。直到現在，再有粵

▲ 香港藝術節四十週年對談「德國歌劇與中國戲曲的觀眾拓展及教育」演講時

▲ 與鄭新文教授、烏蘇拉嘉撒女士(巴伐利亞國立歌劇院教育總監)、何善坤女士(香港藝術節行政總監)合照

▲ 香港藝術節四十週年對談:「德國歌劇與中國戲曲的觀眾拓展及教育」與鄭新文教授、烏蘇拉嘉撒女士。

劇在香港藝術節中出現，算是幸運的了，總之中國的東西是妾侍仔，但有一次我卻拱手多謝藝術節，因為香港藝術節四十週年，請來了一位德國的烏蘇拉嘉撒（Ursula Gessat）女士，她是慕尼黑巴伐利亞國立歌劇院教育總監，她不遺餘力地推廣德國歌劇，藝術節也知我亦為粵劇出力，於是安排了我倆對談，題目是「德國歌劇與中國戲曲的觀眾拓展及教育」。眾所周知，我不懂英語，上餐館點菜還勉強可以，對談？別開玩笑！於是大會請來了我非常尊重的鄭新文教授，有他當翻譯，當然可解除障礙。

談話間發覺，我與烏蘇拉嘉撒女士做着同一件事，所不同者，她有基地「巴伐利亞國立歌劇院」，每年四百五十場大小的演出，約有六十萬人參與，為慕尼黑這個國際著名的文化之都作出了重大的貢獻。一個季節，集五個世紀的三十部歌劇、芭蕾舞、音樂會、歌曲、獨奏會等表演，對我更重要的信息是為家庭的表演，有下午場，有晚上場，非常熱賣，小童門票十歐元，等於八、九十元港幣左右，這價錢可買到任何一個座位，推廣當然包括後台導賞及各學校、各社區中心。對談時，我非常羨慕她，起碼她有基地可發展，當然也有基金，否則不會發生的。她辦的家庭場十分值得效法，因為一家大小老幼同來劇場，回去才有話題，才可共融對話。我也想學，但學不來，沒人支持，後來對我最入心的一句話，就是有人問她，做了十幾年，有甚麼成績？她覺得問得很奇怪，於是她說：「我們做藝術的成績表，是五、六十年後才派發的！」唉！在香港，給你點錢，來個藝術班，三個月甚至五、六天就要你有表演，給那人去交代，我們還真的有文化嗎？

註解

【一】旗羅傘報：傳統戲曲角色名稱，劇中扛旗、敲鑼、打傘、報信的四種角色。

【第六章】

我的微願

讓粵劇重回正軌

我的戲曲道路

幾十年的戲曲生涯，現在回顧，有些時候是否走多了些冤枉路呢？例如練功時，我們是練「懵功」，沒有思想的，更沒有判斷的，總之師傅教怎樣就是怎樣，從不敢質疑，更不敢妄想走捷徑，老老實實的學，老老實實的練，不只是我，就是任何一個與我同期練功的人，大致上都一樣，後來才知道有個名詞叫做「練懵功」。八、九年下來，自己都沒有審視成果，總覺得還有很多東西未懂，很多東西練得不精，一點都沒有成功感的。那時初期更單純到以為會唱、會唸、練了功，便是可演戲。到了十幾歲才明白，練功、會唱，不代表你就可以成為戲曲演員，因為在舞台上，你不懂的東西多着呢！

因此我重新投師學藝，從低再學起，當然從前學的東西不是要全都丟掉，只是將只合童角用的放在一邊。也不是沒用的，我六十歲演《哪吒》，就是將老東西重用而已。我投師後，將從前甚麼「天才神童」之類的名稱全忘掉，一切讚美全抹掉，換上的全是訓令、責罵。我隨師二十四年，連一句「不錯」都未在師父口中聽到過，換上你也會覺得，是否做來學去都還是差不多呢？我一直不是沒想過，但不敢去細想，總之勤學猛練，相信總有

▲ 德叔葉紹德先生為我編寫的《哪吒》

一天過得師父這一關，但未到那天，師父已對我這劣徒「冇眼睇」，他口中不派成績表，是他的戲德之一，因為師父讚徒弟，十居其九是害死徒弟的。任何人給人讚美，總會飄飄然，何況出自一向不讚自己的師父口中，這還不是成功嗎？數十年裏，我眼見不少這種例子，才明白師父想我好，才一句不讚，這些道理我也是近二十年才稍稍明白。

我一直都想做一個好演員，不是大老倌，在多演、多看、多學三多底下，我知道戲曲舞台上的規矩，是固定的，是分類的，不是用普通的常理去研究合理不合理。戲曲本身有地限，舞台就那麼大，你只有憑想像去擴大；時間就那麼長了，你只能本着「有話則長無話則短」的理據上，去將重點呈現，所以不論在出將入相及皇帝一定坐當中的規律下，如果你們會覺得死板沉悶，那你就是不懂戲曲。舞台上沒有真正方向，因為前後都不可上場下場，只有左右兩方可以出入，於是也是演員主導，我說那裏便是那裏，因為欣賞戲曲不是在那些東西上面。

戲曲演員除了要懂唱、唸、做、打、鑼鼓音樂、劇本架構、演出程式之外，還要知道上場第一個亮相在哪裏？之後站在哪裏？演出時有誰擋着你，你擋着誰，怎樣平衡觀眾的視覺。這場戲誰是主，誰是次，那個介口是你的，那個介口不是你的，絕不能喧賓奪主。

說着說着，像很容易，但做起來並不簡單。這條路我走了六十七年，眼看越走越歪，心理上快受不了，不是我把路走歪了，是行內行外合力把路弄歪了。如果我照着我自己的步去走，你想想路歪了，你一直走，豈非三四步便碰一次壁？我已經盡力平衡我自己的思想，藝術與現實的矛盾下，把自己折磨着。我明知我理想的道路不容於世，一個無財無勢的人，有甚麼能力去撥亂歸正？唯一辦法，把理想記下來，自我完成一番便算了！

巨變

巨變，在世上有因為天災，也有因為人為，我不敢說成人禍，但粵劇的幾次巨變，變成面目全非。現在還算粵劇嗎？我真不敢答，因為大家現在看到的，表面仍似粵劇，但環顧整個粵劇界，總覺得集中了行內行外的力量，務使粵劇滅亡，相信用「亡無日矣」來形容十分貼切！

先說演員吧！以前必須俱備四功五法之外，還要懂全套戲曲演出的規律，如何分大細位等等，要全套曲詞熟稔，穿甚麼，戴甚麼，穿甚麼怎樣走台步，拿甚麼怎樣拿，都要知道。

現在呢？不用記曲詞，台前三條字幕機，一路看着，一路唱唸，基本就在侮辱觀眾。但大部份觀眾卻不在乎，再者在台上忘了曲詞，觀眾不但不罵，還報以掌聲，他們覺得記那麼厚一本劇本多難，甚至有人覺得好「陰功」，要記那麼多東西，全是基於「疼惜」！試想想，一個戲曲演員，連這最基本的條件都忘掉，可以嗎？但現在比比皆是。我一直反對用字幕機，唯一一齣戲我同意用字幕機，就是《孔子之周遊列國》，因為編者胡國賢校長以「看粵劇學《論語》」為口號，而他在曲中又真的出現很多《論語》中的句語，我為慎重起見，才同意用字幕機，因為戲中不只我一人，要全班人都不錯，不一定能做到，所以只此一齣，下不為例。

我入行的最早期，台台有新戲，套套是新曲，大家是沒排演的，最多圍讀一次，便上台演出了。那時除了新小曲要稍操一操之外，根本就台上見，那時的演員，真沒有甚麼不懂的。新演員不懂，執禮恭敬的問道於前輩，前輩便一一指導，最多加上兩句罵詞：「咁都唔識㗎？」甚至「你師父無教咩？」就是連師父都罵上了，但都一定教你的。現在呢？排戲時常常停下來，「我喺邊便出呀？」，「我企邊度呀？」，他們不是下欄演員，不是初入行的，而是文武生、正印花旦，有些連二黃都不會唱。拿了劇本之後，不馬上補習，

▲《孔子之周遊列國》中飾演萬世師表孔子

而是到排練場上才問，從定演期、定劇目、到排戲那天，起碼兩三個月，可見一點準備功夫都沒做。這數月只做應酬、銷票、宣傳的工作，或者有一些表演的東西練一練，但只是練了，不是練成，於是就上台見觀眾了。

他們花在「戲」的時間，少之又少，花在其他的時間卻很多，有些是很勤力的，都大多數是練表演的東西，或從唱段度個長腔，大部份人基本功既不好，又旁騖甚多，一個人哪來這許多時間精神？更有一些專攻搞笑，不論甚麼戲，悲劇、喜劇、談情說愛的、歌頌偉人的、論及民族大義的，你演你的戲，我搞我的笑，覺得觀眾笑，就是有反應，更有連很意識不良，很淫賤的動作及口白都說、都做。就算劇本是這樣寫，身為演員是有責任提議更改的。不要忘記我們以前被譽為「高台教化」，在教育不普及的年代，我們是肩負着教育的責任。再說，其實我們學戲時有教的，是在台上不可任意「爆肚」，少許即興也是有規矩的。首先不能離開該劇，不能離開時代，不能反橋段，不能悲劇變鬧劇，否則不給人罵死才怪。現在有人罵嗎？沒有！罵了有用嗎？沒用！惟有「躲在朝房詐作不知了！」

扮相穿戴

演員要懂扮相穿戴，更是必須懂，沒接觸過的角色便問。前輩有一句話：「識妝身就識做戲！」這「妝身」兩字，便是包涵了扮相與穿戴，甚麼角色該妝甚麼身？這角色有根據嗎？古老戲有傳統，有跡可尋，無根據的，就憑身份，加上文、武、老、少，大致分成四類。再因着劇本安排，所發生的事，老當益壯的，還是老弱多病的。老當益壯的，面上稍有紅色，印堂火燄明顯點；老弱多病就要黃一點，甚至土色，眉眼不用太着色，尤其白鬚，更淡一些，我是連眉都不畫的。

最近看上海越劇《紅樓夢》，不知誰指導？那賈太君居然畫上白眉毛。唉！女性是沒有全白眉毛的啊！就算現實有，戲曲也是沒有的，這是演玩笑旦的陳鐵善前輩親口教我的。我也看了幾十年戲曲，從未見過女性有白眉毛的，你說越劇雖然歷史淺薄，但如今也算是個廣受歡迎的劇種了，也這樣叫人驚嚇！

以前誰都知「寧穿破，不穿錯」，現在則胡亂為之。其實甚麼人物穿甚麼，以前有規定的，但現在不是演古老戲了，不過雖然是新戲，如果是戲曲裏常見的人物，總不能亂穿吧！我不反對越來越京化，因為京劇這兄弟劇種，是在京城，在皇宮裏長大的，而我們只是在鄉間田野長大。其實我們以前也有規矩的，如趙雲穿白色，薛仁貴穿白色，這些都與京班一樣。好像張飛一樣，從未見過不穿黑的張飛，所以不管你是否京化，規矩是一定有的。我是在這幾十年裏，近年才見小武穿黑靠，唉！就是我們廣東戲。我不知能怎麼説？

最近大受歡迎的「話劇服裝」，表面看是根據歷史，但反過來問問，到底根據哪一朝的歷史？我們的祖先絕頂聰明，創造出這種名為「戲曲服裝」留給我們，讓我們從穿戴上，帶出很多表演方式，顯出很多功夫來。如果穿上那種所謂「歷史服裝」，我們很多功不用練了，像翎子功（雞尾）、髯口功（鬚功）、大帶功、大靠功、甩袖功、腳步功，全部戲曲裏的東西都不用練。「戲曲服裝」的好處，是演員用所練的功，去發揮服裝的效用，更十分符合經濟原則。以前紅船班十六個大號箱便載齊了全班的服裝，甚麼戲都能應付。演員習慣了，觀眾也看慣了，舉手投足間，盡量散發着戲曲的魅力，觀眾也一眼便分出角色的身份，這個是皇帝，那個是書生，不用再花時間去思想。

如今的所謂「歷史服裝」是哪一朝的？我們的戲，史前神話故事都有，例如《嫦娥》，應該連布匹都未有的時代，穿甚麼？不是看過秦俑，便知秦朝服裝的。甚麼表演行業都建立了規矩，為甚麼有規矩？是符合整個行業運作，不是三朝七日打造出來的，戲曲演員不穿「戲曲服裝」，他的演出便像話劇演員、電影演員，哪裏還是戲曲演員？今天演秦朝，明日演宋朝，後天演春秋，老闆能應付這麼多的服裝費嗎？為甚麼不喜歡「戲曲服裝」？「戲曲服裝」有甚麼壞處？為甚麼非得把它毀掉呢？將先輩演員交下來的一舉手一投足，配合服裝，發揮優美的動態、靜態，一筆勾銷，將來除了唱，誰都能上台了，因為不用練！

創新改良

不知是潮流，還是粵劇的命該如此，一大群人拚命要創新改良，很多機構聽到你想申請演出，大部份都先問：「有沒有新劇本、新佈景、新服裝？」甚麼都是要新，我起初想不通，新的一定是好的嗎？難道舊的就一定不好嗎？其實很多人都不是真的喜歡粵劇，甚至不喜歡戲曲的，如果真喜歡戲曲，就一定明白，戲曲是看演員的，不是看服裝、佈景及擺設的，但是他們覺得要人注意，必須搞大製作，用個一千幾百萬才算大製作。

那怎用一千幾百萬呢？在他們眼中，最不值錢的，是藝術，因為藝術是沒有單據的，佈景、木方、服裝、布疋等等可以有單有據，道具可買隻古玩的杯碗回來演戲，甚麼都可有單據，有交代，藝術去哪裏開單？所以常聽有人說：「我這齣戲用了多少多少錢，你到演出時一定要來看！」我來不是看誰個演得好，誰演得妙，是看你花了多少錢？唉！開玩笑！但甚多這種現象。當然我們的前輩，二戰前後為生活甚麼都搞過，空中飛人、水缸裏游水打鬥、宇宙燈、電燈衫、電燈佈景、紮作拉線的龍蛇機關佈景、人與電影一齊演、西洋音樂、新小曲，真的甚麼都搞過。因當時生活困難，大家要想些噱頭才賣座，但搞噱頭歸噱頭，對演出的藝術，絕不掉以輕心。各家各派各展本領，那些噱頭只是招徠手法，你進來之後，看到的仍真是如假包換的戲曲藝術。各大名家做的做，唱的唱，打的打，施展渾身解數。那時學戲，盡在演員身上模仿，尋找仔細，研究推敲，怎樣才唱得好，一丁一點地學，一丁一點地練，全副精神都放在藝術上，所練的，所學的，是要在台上發揮，與各名家較量，爭一日之長短。

不知經過了甚麼挫折，又不知經過甚麼啟發，很多人是極不喜歡戲曲，卻又一定要搞戲曲，去演戲曲。明明唱的是二黃，卻要找一唱腔設計，作一大堆新腔，聽完了都未知唱的是二黃。既然那麼討厭二黃，又何必要唱二黃呢？樣樣都設計，那演員如果二黃都要人教才曉唱，他還能算是演員嗎？為甚麼從前的名家好聽，因為一字一腔都是他自己由衷地唱出來，他以角色的感情唱出來，音樂拍和是跟着他進行的。現在反過來，音樂家設計了，演員要照他唱，這情形也觸目皆是。有導演排戲，有舞蹈設計，甚至身段設計，演員只是工具，這是時代嗎？這是崇洋！因為他們沒有文化自信，看見外國式的舞台劇，便覺得自己太舊了，於是迷惑了！甚麼叫做改良？有不良的地方把它改成「良」，其實我們幾百年來，都一直在改，但好的東西必須保留，改良不是把「良」的改去了！

還有創新，誰都說創新！甚麼叫「創新」？他們還未知道，從來未出現過的，才有資格叫「創新」。把話劇的化妝、服裝搬了過來，把音樂劇的配樂程式搬了過來，把現代舞台的燈光設計搬了過來，這叫「創新」嗎？連日本三維電玩動畫都搬上台，其實全是人家玩到不玩的東西了。連旦角的身段都不依戲曲的，像舞蹈藝員般走出來。兩者的分別是，戲曲身段是腳先身後，而無蹈則是身先腳後。你們不愛戲曲不要緊，不要摧殘戲曲，粵劇沒有給創新，而是給重創了，我相信我有生之年，看不到它復原，我不是說晦氣話，事實就是如此！

遺產

我們被聯合國教科文組織列入世界非物質文化遺產，雖然「遺產」二字的涵意混淆不清，姑無論如何，對我們行內總是個榮譽，在我看來卻是「塞翁得馬，焉知非禍。」我們自從有了這名義，政府便因為是香港第一項世界性非物質文化遺產，於是極度重視，一口氣撥了六千多萬元支持粵劇，又成立了粵劇發展基金，又成立了粵劇發展諮詢委員會。當然由社會賢達主管，更委任了一班委員，我也曾在其中一個委員會坐了一任三年。我覺得毫無希望，只是某些人在宣讀聖旨，但又不知聖旨何來的？那些委員會就算有行內人在位，也起不了甚麼作用。這一來很多資助出現，行內人也一窩蜂地申請，只要按着他們訂下的死規條，百分之八十是申請到的，加上康樂及文化事務署、香港藝術發展局各方合力，於是粵劇每年演出超過一千五百場。

試想想，粵劇是一樣甚麼形式的藝術？申請的人滿紙普及、推廣、創新、改良，琳瑯滿目，申請人的錦繡文章，可盡量發揮。我也看過非常動人的文章，批錢的老爺們當然照批，但卻沒有跟進，所以識寫計劃書，便成了天之驕子。職業也好，業餘也好，大家都覺得是太公分豬肉，爭着去申請。說也奇怪，難道政府不知道香港粵劇觀眾的人數嗎？不知道粵劇從業員的人數嗎？香港藝術發展局有調查過，西九文化區戲曲中心有調查過，香港中文大學也調查過，每日有四場或以上的粵劇表演，夠觀眾量嗎？如果你以此問派錢的老爺們，答案是夠觀眾的！不信嗎？他就拿上座率的數據給你看。哦！粵劇真有那麼多觀眾，係就發達啦！但他們真的有黑書白紙的證據，還會假的嗎？

如果你是資深粵劇觀眾，你便會看見一些現象，未開場前或中場休息時，甚或在洗手間，你會聽到有人說：「唏！你想睇大戲就搵我啦！唔使買飛㗎！」另一現象就是開場前，有一部份老人家在購票大堂上，四處問人有沒有票？哪會有人拿着票等人問的呢？有！不單有票，還不用付錢的，這情況誰都看得到，但你如何拿到證據呢？他們也不是犯法，我送票給老人家看戲，有罪嗎？派錢的老爺們有十分漂亮的成績表向上頭交代，更被一眾得益者歌功頌德，何樂而不為？但誰想到會令粵劇界步入死亡道路！

每天四、五場的演出，演員足夠嗎？工作人員足夠嗎？樂師足夠嗎？佈景人員足夠嗎？服裝管理員足夠嗎？當然不夠，不夠便怎辦？於是濫竽充數。不夠人，也不夠資格，這樣的演出成績會好嗎？水準低落了，喜歡粵劇的觀眾失望了，離去了，有人見得到嗎？

真金白銀出資經營的劇團不倒閉才奇怪？政府辦的演出，票價特平，還有些半價優惠票，演員多人爭聘，身價飈升，真正經營者一定焦頭爛額，賣個滿堂紅都不夠皮費，於是產生了另一現象——「贊助」。看看多少海報佈滿贊助商名稱，可能還是一年一次，多演幾次便未必有贊助。試想想，一個行業要靠贊助才可維持，這現象健康嗎？我們經營者等同給他人打爛了自家的店舖，卻叫你去領取救濟，最可悲就是行內人還醉生夢死，覺得十分興旺。但從中也有有趣的事，就是每年多至千五場以上演出的當兒，竟有人大聲疾呼，他要挽救粵劇，還覺得粵劇由他一手挽救，得以重生！唉！

工尺譜

我們小時候，常聽人說：「真係合晒合尺！」合尺二字講成「河車」，入行後當然知這是工尺譜的記音字符。全世界還在用的記譜方式有三種，就是音符、簡譜及工尺譜。這種記譜法，我們用了相信超過八、九百年吧！如果說還有古琴譜，當然有，但不流行於其他樂器，而工尺譜則是我們香港粵劇粵曲界還有用。這種數以百年計的歷史寶貝，到現在還活生生用着。

何家耀老師怕會失傳，與我商量，將工尺譜申遺。申請了，聽說要輪候很久，因為有四百多種申請項目在輪候中。看看有幾多項目有着工尺譜的輝煌歷史，奶茶不是英國人的？是我們的遺產？其實任何一個國家，都有他自己的文化，這工尺譜是中國文化，外國人的簡譜全用數目字，工尺譜也內有數目字……五六等等；古琴譜，我們一看，像符咒一般的字，非也！你細心一看，也內涵着數目字的，工尺譜給崇洋的人扼殺着，不洋化就不能與國際接軌，於是連崑曲也

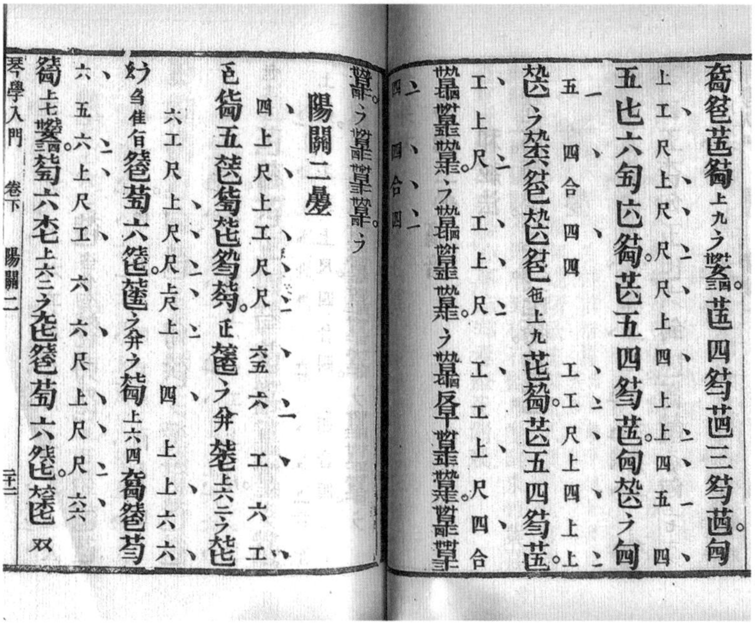

▲ 古琴譜與工尺譜比對

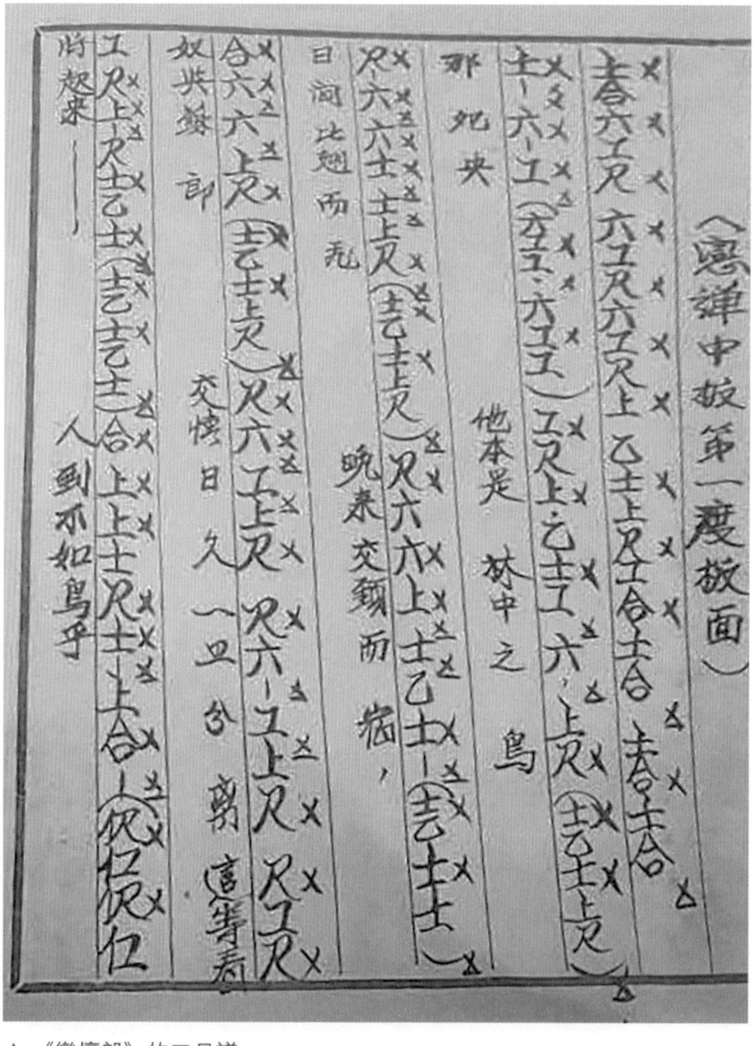

▲《戀檀郎》的工尺譜

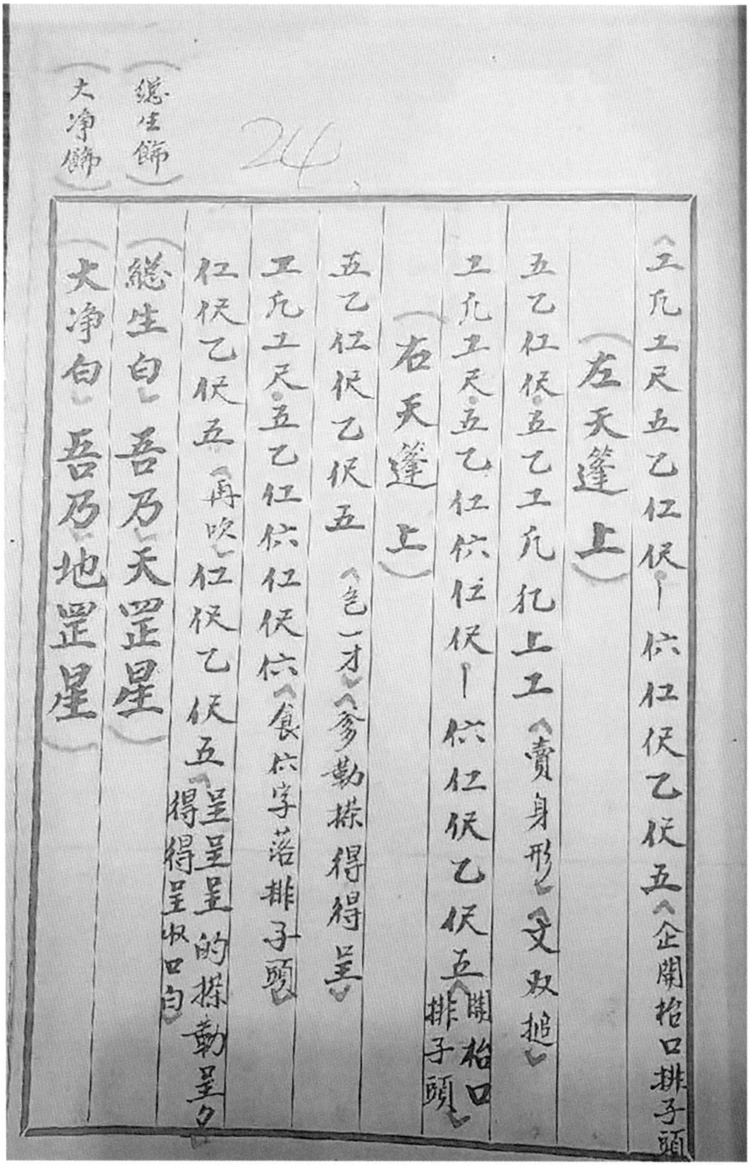

▲《玉皇登殿》的工尺譜

用簡譜了。簡譜比工尺譜好嗎？對於初學的或是不懂音樂的人來說是好的，因為有準確的時值，甚麼切分、四分、八分、十六分，甚至三十二分，只有準確固定的符號，準確不是很好嗎？為甚麼說不好呢？看工尺譜沒有設時值符號，任從演奏家發揮。啊！那豈不是不齊整，有參差嗎？對！就是要有參差，幹嗎要齊？不用爭論，這其實就是中外東西方文化不同之處，初心也不同。你看就算外國爵士樂、黑人的怨曲，要齊嗎？自由發揮的論點，各有不同，但要知道中國音樂的初心，是抒發自己的感情，是出自心聲，所以同一樂曲，可以各有不同感情，聽者也有不同感受。最早「樂」是給自己陶冶性情的，不是給你聽的，所以要有限度的自由。我出道的時候，十位八位大師級的名家合奏廣東音樂，聽得你如癡如醉，學西洋音樂的朋友，聽得莫名其妙，這樣就是大師級的演奏嗎？都不齊整的。如果單想齊，音樂學院隨便一位同學上台演奏，只要他懂視奏，音也準，便會完成該首樂曲，誰奏聽不出，誰出了事，一聽便知。我們要的是內涵，他們要的是按章工作，有甚麼不妥，為甚麼要攻擊中國音樂？最大問題的是你自己未去深入研究了解，尤其廣東音樂，各持自己的樂器，各自發揮自己樂器的專長，拉的、吹的、彈的、敲的，都有自己的特性。你、我、他從不同道路走進同一領域，可擦出大大小小無數的火花，這才是中國音樂應有的效果。

今年是五四運動一百零一週年，大家有回顧嗎？中醫中藥給打得半死，幸好現在重新抬起頭來了。中樂呢？工尺譜呢？工尺譜是中國語言，中國人講中國話，有錯嗎？

尋根

每凡一件事物，不明來歷，總覺得有點問題。好像你認識一位新朋友，與你合作或一同在一場所裏相遇，如果你覺得他不明來歷，是否總有點顧忌，或在說話間總不敢暢所欲言。像我們學藝，比如我學了京班的起霸，我如果不知根源，我對人說是廣東武術，可以嗎？

我從小學粵曲，便學了南音，後來更常聽到杜煥瞽師演唱，便慢慢領略地水南音的味道。從愛聽以至醉心，醉心歸醉心，醉心不代表你就懂得箇中三昧，所以我老是說我不是南音的專家，我只是個愛好者，僅可以說略有研究，距離專家，還有很遠呢！我從喜愛南音開始，便注意周邊的人對南音的評價，大多數都覺得好有味道，好像給你經常把玩的一方古玉，越看顏色越潤澤，當然亦有人認為沉悶，我也不反對，因為南音在旋律變化方面，的確沒有很多花樣，來來去去都是那四頓，周而復始，快快慢慢，頂多轉唱乙反調，即所謂苦喉南音。其實唱南音難就是難在「靜」，要唱到心靜，所謂平心靜氣。

記得杜煥瞽師去世時，我在商台與汪海珊合作節目《宵夜十點半》，節目裏，十分氣憤，因聽到這麼高超的一位藝術家，死後幾乎無以為殮，身為藝人都同聲一哭。商台營業部的郭先生拔刀相助，我與汪海珊便發起為曲藝界籌款，得到蕭漢森夫人大力支持，於是在商台播音，其中一首《何惠群嘆五更》，更由曾潤心師娘演唱。那時她年紀已很大了，聲音亦不太圓潤，但一開口，就顯得不同凡響，那種心境寧靜，不是筆墨可以形容。從那天起，我又去追尋這種靜，不過談何容易！如今只有澳門的區均祥兄能做到，他的年紀還比我大兩天，好在他仍有設帳授徒，他才算是南音專家，希望他能把南音傳下去。

南音在香港申遺成功，我便去申請為南音尋根，結果非物質文化遺產辦事處開宗明義地覆我，不支持研究，只支持推廣，又一次令人莫名其妙，不過好端端的南音，我去尋甚麼根呢？南音不是十分地道的廣東説唱嗎？對！我以前都相信是地道的廣東説唱，但看過屈翁山的《廣東新語》便產生疑問，因為該書裏，認為《摸魚歌》是來自江蘇沿海一帶的歌謠，故名為《摸魚歌》，因為方言問題，傳了過來便變了「木魚」。我們廣東人叫敲經唸佛的紅色魚形的木為木魚，但唱木魚歌的，卻從未見有人敲過木魚。木魚與南音、板眼、龍舟是同一體系的，如果以進化論的推斷，木魚應為最早，因為是徒歌的，甚麼伴奏都沒有的；繼而是龍舟，有鼓有鑼；再來才是南音，有箏有板；南音的加快濃縮，便是板眼。南音用的樂器，箏與檀板都不是廣東流行樂器，是江南絲竹。另外板眼的名稱也有問題，因為廣東人把樂章上的重拍叫做「板」，輕拍叫做「叮」，江南一帶才把輕拍稱為「眼」，所以這一系列是來自江蘇，一點也不奇。

雖未獲支持，我也打算自己去尋找，希望能有些眉目，以我的年紀，不一定能等到水落石出，但先點着火頭，好照亮後人去尋根。

一桌兩椅

我小時候，在台上演戲，向台下望，盡是叔叔、伯伯、嬸嬸，甚至公公、婆婆。到我十餘歲時真的曾經有過一陣子恐懼，因為想到台下的公公婆婆到我長大了，他們還能出來看戲嗎？那時候誰看呀？當然這是杞人憂天。反為後來一窩蜂鼓吹着拓展觀眾，當然我不是反對拓展觀眾，但總覺得不是當務之急，因為你用盡方法，把觀眾拉入了劇場，如果那場戲演得不好，越多觀眾看，便越多人罵，口碑越差，傳播越廣，豈非適得其反？所以第一要務是訓練人才，已經投身粵劇界的，設法加工，引導他投入正軌，當然更要吸納新血，從基層練起，與拓展觀眾同步進行。

我素來宗旨，只要你演得好，自然便有人看，當然要持之以恆，觀眾永遠見你的演出都是十分投入，盡心盡力的演出，觀眾是感覺到的，不會白費心機的，但稍有成績時，絕對不能放鬆，一不留神，隨時會前功盡廢。我雖然有見及此，但一眾行家都有自己一套方法取悅觀眾，誰可以影響誰呢？常見低俗的搞笑，引得滿堂起哄，大笑甚至拍掌，你有

▲ 八歲參加碧雲天劇團—— 1954 年首次正式落班演出
資料來源：《華僑日報》，1954 年 7 月 28 日

本事指出這是太低俗了，不應如此嗎？所以無可奈何，只有我行我素，但總覺得有些惆悵，幸而我女兒曾慕雪與女婿鄭思聰見我一籌莫展時，他倆不聲不響，組織了一個慈善基金，更名為「一桌兩椅」，令我喜出望外。她是學舞台劇，不是學戲曲的，難得是她有心為我打算，而且更坐言起行。

那麼現在這基金要做些甚麼呢？為粵劇大環境先做些補漏工作，大夥兒忽略了的，我們去做。為南音推廣，從而尋根，極力將粵劇舞台的精華，推介給觀眾。一桌兩椅是我們戲曲舞台的根本，為年輕演員扎根基，不要盲目追逐西方舞台，忘記了自己的好處。現在全世界都很多人去摸索東方的戲曲舞台，我們自己卻捨本逐末，丟棄了戲曲舞台的真善美。我們一桌兩椅這麼簡單的舞台，卻包涵着五千多年的歷史文化，希望演員與觀眾先認識自己，演員練好應用的技巧，研究戲中的故事精髓，投入角色人物，令粵劇循着戲曲正規的軌道前行，破除萬難，一定不容易，這也算是明知不可為而為之。挖掘出戲曲埋藏着的精髓，令觀眾沉醉在戲曲的魅力裏，我很明白，這只是我一廂情願的事，誰有同感，誰便與我等同行，起步走！

愚公感言

像聖人「吾日三省吾身」，我自問做不到，但我會在某時段，靜下來回顧一下，這一年半載做了些甚麼？雖然大多數都覺得是一事無成，不過亦有偶然拾得的喜悅，當然不及五柳先生（陶淵明）的「欣然忘食」那麼嚴重，但也可換來一陣子的悠然自得，但只是短短的一陣子。

人人道：「知足常樂！」我這樣的感覺，又算是不是知足呢？有時反覆思之，了無頭緒，其實家庭、事業、朋友，我都一百二十分滿足，那又「奚惆悵而獨悲？」當你推窗眺望，你會覺得這世界變成一個快沒有氧氣的世界了，一群一群快變成沒有人性的人，自私、陰謀、狠毒，籠罩着整個世界。有了發達的科技，不是會更好嗎？不！只會製造出更大殺傷力的武器。我們似乎又走回弱肉強食的洪荒世界，科技更可造出像真度百分百的假象，不久將來便會遇見二十個「你」，那時連你自己也會懷疑自己的真實，懷疑自己的存在，不要以為我危言聳聽，這日子將會來臨了。

你看看今次的疫情，你諉過於我，我諉過於誰？國家元首像小孩子玩泥沙一般，十分兒戲，說完可以不算，卻全世界要聽他的；做了甚麼壞事，只要是強國大國，全世界都莫奈他何，袖手旁觀，過後像沒發生過事一樣。人權？公理？哈哈！我們這一代從憂患中成長，甚麼艱難都能捱過，但到頭來要面對這能令人瘋狂的世道。看看香港，是非黑白盡在科技掌握之中，再看粵劇，我能怎麼樣？我當然想重回軌道之上，但談何容易？我自審，有錢嗎？沒有！有權嗎？沒有！只有一條命！命，在現代來說，已是沒有價值的了，何況我的命還有多少日子？

以前的人常說：「人死留名，豹死留皮。」現在已是廢話了。粵劇像一位本來沒有病的人，但醫生說為他好，每天迫他吃一百幾十種維他命，弄到現在垂危了，醫生還拿着那些維他命，向世人說這是靈丹妙藥。粵劇在病床上掙扎，想向世人拆穿這醫生的謊言，但他戴上了口罩，說話含糊不清，所有人都聽不到，只有醫生聽懂，醫生說：「我證實這真的是妙藥。」

粵劇會死嗎？不會！現在的科技，怎會讓它死。不會死，但會變成科學怪人，那位醫生太有力量了，我預計我會見到這一天，我不能想像，我會怎麼樣？

我只能將我用過心思，仔細安排過的角色，一一的記錄下來，結集成書，公諸於世，待那本書出版後，我便很安慰的，對自己說：「責任完成了！」所以一定要完成下一本書！

附錄（一）藝萃傳承．愚公之志

在藝術傳承的道路上，我雖不敢說有甚麼成績，但懷抱愚公移山之志，以不可為而為之的拼勁，在七十年代初已開展推廣戲曲的微願。驀然回首，已付出了接近五十年的汗水，不敢言功，只望為戲曲傳承鋪橋搭路。前人種樹後人涼，謹將多年來曾付出的努力，點點滴滴與大家分享。

一、香港實驗粵劇團

＊一九七一年年與尤聲普、梁漢威等人成立「香港實驗粵劇團」，並擔任團長，推動香港粵劇的發展，曾經演出劇目包括《趙氏孤兒》、《十五貫》、《梁紅玉》、《搶傘》、《寶蓮燈》、《三打白骨精》、《擋馬》、《遊園驚夢》等。

＊二〇一〇年一月「香港實驗粵劇團」成立四十週年紀念演出，特別撰寫《煉印》一劇。

二、粵劇之家

＊香港粵劇發展有限公司是一個政府非牟利文化團體，由義務董事局主理，成員包括：主席阮兆輝、副主席黎鍵、尤聲普、黃肇生、巫雨田（新劍郎）及張輝。顧問為張敏儀、盧景文、文世昌、潘朝彥及汪明荃。

＊一九九三年創立「粵劇之家」，旨在致力推廣粵劇活動，同時進行有關粵劇的教育、培訓、推廣研究、資料整理與保留傳統的研究工作。

＊「粵劇之家」是一個由香港粵劇發展有限公司與市政局合辦，香港演藝發展局贊助的實驗計劃。

＊一九九三年三月二十九日至六月二十六日在高山劇場進行為期三個月的「粵劇之家試驗計劃」，包括：訓練、演出、課程、展覽、導賞、會員計劃、出版、粵劇店、攝影比賽等各項活動，並於高山劇場演出十五場粵劇，其中九場由名伶擔演。

＊教育研討課程包括粵劇研討課程、粵劇基本訓練工作坊、交流研討會及百年粵劇回顧。

（一）粵劇研討課程：粵劇音樂與鑼鼓、戲曲源流及粵劇歷史、粵劇編劇與撰曲、粵劇欣賞入門、粵劇戲服穿戴知識。

（二）粵劇基本訓練工作坊：粵劇基本功、粵劇化妝及面譜交流研討會、粵劇表演與西方話劇、粵劇戲班規制及其組織、粵劇舞台美術製作沿革及發展的可能性。

（三）百年粵劇回顧：紅船班規制及後台衣箱規矩、粵劇古老例戲及其專門功架藝術。

＊除「粵劇表演入門」課程外，為傳授粵劇之傳統技藝給有心演出粵劇者，「粵劇之家」開設「傳統排場技藝訓練」課程。

＊一九九六年又獲得香港藝術發展局資助，專門為教育署進行了多項有關在學校推廣戲曲的龐大計劃。

＊「粵劇之家」戲曲推廣計劃

在演出製作方面，曾經演出過的大型粵劇有：《醉斬二王》（一九九四年）、《趙氏孤兒》（一九九五年）、《大鬧青竹寺》（一九九五年香港藝術節）、《長坂坡》（一九九六年高山劇場開幕）、《趙氏孤兒》（重演）、古老排場粵劇《西河會妻》（一九九六年香港藝術節）、復原性粵劇《玉皇登殿》（一九九八年亞洲藝術節）。

＊此外還舉辦「粵劇基礎訓練課程」、「傳統做功基本功訓練」及錄像資料保存。

三、粵劇教育

（一）八和粵劇學院課程

＊二〇〇七年開始出任香港八和會館第三十三屆副主席至今，與主席汪明荃及各理事並肩攜手進行多項改革，其中包括重整香港八和粵劇學院課程。

＊二〇〇七年為八和粵劇學院重新制定發展策略及課程，使其在粵劇教育上有突破性的發展。

＊八和粵劇學院課程

八和粵劇學院校董由應屆理事出任，議決保留極受學生歡迎的「器樂伴奏班」、「粵劇鑼鼓及掌板課程」，重新整理編劇班及為在職從業演員提供深化訓練的「粵劇精研課程」及「技能提升計劃」。當中「青少年粵劇演員訓練班」是八和粵劇學院制定的四年制培訓課程，由八和專業導師及資深演員任教，就唱功、基本功、毯子功、靶子功及表演功五方面，以循序漸進的訓練方式，培訓下一代粵劇表演接班人。

與尹飛燕、王玉珍、何家耀、周鎮邦、麥惠文、陳咏儀、溫玉瑜、寧哲輝、蔡之崴、鄭福康、韓燕明等擔任「青少年粵劇演員訓練班」導師，並聘請資深演員呂洪廣擔任課程主任，以協助推動及策劃學院課程。

（二）粵劇編劇課程

*二〇〇八年在名編劇家葉紹德先生的鼎力支持下，開辦「粵劇編劇課程」，由葉紹德先生擔任「編劇課程」的顧問、策劃主理及首席導師。

*「粵劇編劇課程」由香港大學教育學院中文教育研究中心、香港八和會館及八和粵劇學院合辦，主要教授粵劇編劇基礎，教學內容包括粵劇曲牌的知識及運用、劇本分析、折子戲編寫、劇本分場結構及粵劇編寫。修業期滿課程結業及合格者可獲由香港大學教育學院及八和粵劇學院聯合頒發的證書。

*擔任二〇〇八年至至二〇一〇年兩屆「粵劇編劇課程」的導師。

*「粵劇編劇課程」是目前最具系統的編劇教學課程。第一屆畢業生共二十四人，第二屆畢業生共二十七人，多位畢業生先後獲得香港藝術發展局批出參與「戲曲新編劇本指導及演出計劃」，學員在資深編劇或演員的指導下編撰新劇，並獲得各大劇團演出。

（三）東華三院呂潤財紀念中學「粵劇教學協作計劃」

二〇一〇至二〇一二學年，與香港八和會館理事共同策劃首次在全港第一間中學——東華三院呂潤財紀念中學推行的「粵劇教學協作計劃」。

（四）保良局李城璧中學及保良局唐乃勤初中書院「粵劇藝術課程」

二〇一二學年開始，保良局轄下兩間中學「保良局李城璧中學」及「保良局唐乃勤初中書院」推行「粵劇藝術課程」，於二〇一一年獲邀到保良局李誠璧中學講解及示範，以配合新高中學制「藝術發展」之學習。

四、朝暉粵劇團

*朝暉粵劇團的緣起

二〇〇三年八月二十日至二十四日藉着慶祝從藝五十週年，於葵青劇院舉辦五日六場《金輝薪傳茁青苗》的演出活動，以淨、末、丑的行當，為一班年輕演員配戲演出。

*二〇〇六年成立「朝暉粵劇團」，由十多位具實力、質素、經驗的新一代粵劇演員組成，主要目的是讓傳統粵劇薪火相傳，更希望除了近數十年流行的鴛鴦蝴蝶派劇目外，能推廣以其他行當為主角的劇目，亦盼能憑着演員年輕化來吸取青年觀衆。

＊除了每次都參與演出外，更兼任藝術總監，口傳身授一切粵劇的特有規格、演繹模式。

＊自二〇〇六年成立以來，「朝暉粵劇團」已歷多次的盛大公演，其中包括「香港藝術節」及為「香港防癌會」籌款演出。每屆演出皆盡量推廣進各大學、中學，部份「朝暉」成員已成為不少年輕觀眾偶像，其他具規模劇團亦紛紛爭相邀請他們為台柱。

五、暑期粵劇體驗營

＊二〇〇八年八月於香港大學專業進修學院主辦五日四夜的「暑期粵劇體驗營」擔任藝術總監，主持專題講座及導賞活動，並率領朝暉粵劇團成員出任導師，教授各項戲曲課。

* 「暑期粵劇體驗營」是一個有系統及針對性的粵劇教育推廣活動，透過為期五日四夜的活動，以深入淺出的方法引導一群年齡約八歲至十七歲，對粵劇藝術有興趣的中小學生了解及認識粵劇的基本元素，從而達到推廣粵劇、保留傳統文化及薪火相傳的目的。

* 二〇一一年春暉粵藝工作坊獲得香港藝術發展局資助、康樂及文化事務署贊助演出場地，於香港大學嘉道理研究所石崗中心再次舉辦五日四夜的「暑期粵劇體驗營」。

* 二〇一二年、二〇一三年及二〇一六年移師保良局北潭涌度假營，繼續舉辦五日四夜的「暑期粵劇體驗營」。藝術總監及導師深入淺出地引導學員了解粵劇的基本元素，包括：唱、做、唸、打、化妝、穿戴。

六、戲裡戲外看戲班

＊《戲裡戲外看戲班》（Backstage），一個匯粹中國戲曲繽紛元素和精湛藝術的中、英語混合舞台劇，以戲班後台發生的故事為骨幹，在輕鬆的氣氛下引導非粵語的觀眾欣賞粵劇的文化藝術和奧妙。以深入淺出的現代舞台劇形式讓觀眾欣賞及認識粵劇的特色：繽紛的戲服、奧妙的化妝、優雅的身段、精彩的武打及獨特的中樂演奏。

＊二〇一四年起，帶領《戲裡戲外看戲班》十多名精英舞台專業演員到世界各地演出，先後到過多個國家。

*二〇一四年至二〇一九年演出日期及地點（包括中國、海外及香港）

日期	地點
二〇一四年八月六至十九日 共十四天（十四場）	英國蘇格蘭愛丁堡（Edinburgh · Scotland · Britain） 參加愛丁堡國際藝穗節（Edinburgh Festival Fringe）
二〇一五年十月三至二十一日 共十九天（五場）	1、荷蘭阿姆斯特丹（Amsterdam · The Netherlands） 2、荷蘭鹿特丹（Rotterdam · The Netherlands） 3、荷蘭海牙（The Hague · The Netherlands） 4、比利時安特衛普（Antwerpen · Belgium） 作為香港駐歐洲聯盟辦事處成立金禧紀念（五十週年）誌慶節目 5、比利時布魯塞爾（Brussels · Belgium） 6、意大利維泰博（Viterbo · Italy） 參加羅馬音樂節（Rome Chamber Music Festival）
二〇一六年八月三十日（一場）	中國北京（Beijing · China） 中國國際青年藝術週 （China International Youth Arts Festival）
二〇一六年十二月十五至十六日 共兩天（三場）	學校文化日計劃（School Culture Day Scheme）

二〇一七年十月十三至十九日 共七天（三場）	韓國首爾（Seoul · Korea） 首爾表演藝術博覽會（PAMS） （Performing Arts Market in Seoul）
二〇一七年十一月二十六日（一場）	粵劇日（Cantonese Opera Open Day）
二〇一八年十月六至十日	新加坡國立大學藝術節 （NUS（National University of Singapore）Arts Festival）
二〇一八年十月二十四、二十五日 （四場）	香港藝術發展局主辦《賽馬會藝壇新勢力》 （Jockey Club New Arts Power）
二〇一九年三月二十五日	香港理工大學（The Hong Kong Polytechnic University）
二〇一九年十月十四日	保良局蔡繼有學校（Po Leung Kuk Choi Kai Yau School）
二〇一九年十月二十日	夏威夷大學（University of Hawaii at Manoa）
二〇一九年十月二十五、二十六日 （兩場）	墨西哥（The Mazatlan Cultural Institute）

七、戲曲講座與教學

近年參與香港各中、小學有關推廣粵劇知識的活動及講座之餘，亦同時參與各大學及大專院校計有香港大學、香港中文大學、香港浸會大學、香港城市大學、香港科技大學、香港教育大學（前香港教育學院）、香港理工大學、香港嶺南大學、香港公開大學、香港演藝學院、香港大學專業進修學院等舉辦的講座及研討會，推廣戲曲知識。

* 一九九四年十一月於香港文化中心舉行「曲藝薪傳粵曲入門講座」。
* 自一九九六年起與香港教育署轄下委員會合作，將粵劇知識加入中、小學教科書，並將粵劇帶入學校，曾在數十所學校及政府會堂為學生舉辦「導賞」演出。
* 二〇〇二年五月十五日參與油蔴地天主教小學主題教學週「探索中華文化——粵劇藝術」活動。

＊二〇〇九年及二〇一〇年擔任僱員再培訓局與香港八和會館聯合主辦的「粵劇培訓課程」導師。

＊二〇一一年於香港演藝學院戲劇學院擔任碩士課程導師，為期一年。

＊二〇一一年於香港八和會館與香港科技大學合辦的「粵劇藝術概論」課程擔任導師，把粵劇教育推廣至大專學界。課程為期三個多月，教授學生基本粵劇元素、理論和知識。

＊二〇一一年五月五至六日應邀出席香港教育大學「粵劇創造力國際研討會」開幕禮，擔任主禮嘉賓及專題研討「粵劇表演之創意」、「粵劇創意之傳承」的主講嘉賓。

＊二〇一一年十一月代表香港八和會館出席由進念．二十面體舉辦的「非物質文化遺產發展論壇」。

＊二〇一二年於香港大學專業進修學院 HKU SPACE 擔任「藝術評論證書」課程導師。

＊二〇一二年二月二十一日應第四十屆香港藝術節邀請，與來自德國的烏蘇拉嘉撒女士在環球貿易廣場演講廳舉行對談，題目為「德國歌劇與中國戲曲的觀眾拓展及教育」。

＊二〇一二年五月出席「嶺南地方戲曲傳承與創新研討會」。

＊二〇一三年八月於香港公開大學李嘉誠專業進修學院教授「粵劇曲藝大師班系列：阮兆輝之唱做唸打及人物塑造」課程。

＊二〇一三年八月三日香港電影資料館舉辦《從神童到泰斗》阮兆輝從藝六十週年影展，於電影《哪吒鬧東海》映後座談會擔任演講嘉賓。

＊二〇一三年八月十一日香港電影資料館「百部不可不看的香港電影」舉辦《父與子》映後座談會——「阮兆輝的影藝回憶談」，擔任嘉賓。

＊二〇一三年九月二十六日，香港中文大學圖書館進學園舉辦「虎渡門渡過六十年——阮兆輝談戲行甘苦與滄桑」講座，擔任嘉賓講者。

＊二〇一四年六月二十二日西九文化區管理局在油麻地戲院舉行「戲曲中心講座系列」，與著名戲曲大師裴艷玲女士暢談《劇種的借鑒與研習》。

＊二〇一四年十月三日聯同香港教育大學梁寶華教授於香港教育大學舉行「探索粵劇二黃腔之來源研究計劃發佈會」，匯報第一階段研究成果，更正粵劇裏的「西皮」的錯誤名稱，為「西皮」正名為「四平」。

＊二〇一四年十一月二十七日參與在薛覺先故鄉——順德龍江舉行的《紀念薛覺先誕辰一百一十週年座談會》。

＊二〇一五年四月西九文化區管理局與香港八和會館合辦，香港青年粵劇演員及浙江小百花越劇團交流，與內地越劇表演藝術家茅威濤女士合作主持交流講座。

＊二〇一五年六月應香港演藝學院戲曲學院院長毛俊輝邀請於戲曲學院主持講座，講述戲曲沿革、各派名家介紹及藝術特色，同時示範講解「生行」正統基本功及演出技巧。

＊二〇一五年十月帶領十三位精英舞台專業成員到荷蘭鹿特丹、海牙、阿姆斯特丹、比利時安特衛普及意大利維泰博等歐洲名城演出舞台劇《戲裡戲外看戲班》，並在布魯塞爾音樂學院及羅馬大學舉行粵劇文化交流講座。

＊二〇一五年十一月二十六日出席與香港教育大學文化與創意藝術學系聯手策劃，於油麻地戲院發佈的「粵劇生行身段要訣：電腦化自動評估與學習系統發展計劃」。

*二〇一六年一月再次應香港演藝學院戲曲學院院長毛俊輝邀請於戲曲學院主持「阮兆輝先生大師班：唱唸做打表演技巧指導課」。

*二〇一六年七月應廣西南寧市民族文化藝術研究院邀請，參與國家藝術基金「南派粵劇表演人才培養」項目，前赴南寧教授《金蓮戲叔》。

*二〇一六年七月二十五日應邀參加香港書展講座《南海十三郎的傳奇》，擔任嘉賓講者。

*二〇一七年二月應香港城市大學中國文化中心鄭培凱教授邀請，主持「中國藝術示範講座系列」講座。

*二〇一七年十一月十五日應東華學院校長呂汝漢教授邀請，於東華學院京士柏校園主講「習以為常的好處」。

＊二〇一七年十一月十八日於油麻地戲院舉行《金牌小武桂名揚》新書發佈座談會，擔任主講嘉賓。

＊二〇一七年十二月十七日參與「南薛北梅」藝術系列活動，於香港大會堂低座展覽廳主持《薛覺先和唐雪卿》專題講座。

＊二〇一八年二月十一日參與電影《古巴花旦》座談會——「與阮兆輝對談」。

＊二〇一八年二月八日獲香港大學通識教育部邀請，與鄧樹榮先生於香港大學鈕魯詩樓對談，講題為「西九作為大舞台——劇場與戲曲發展」。

＊二〇一八年四月二十五日應聖愛德華天主教小學馮立榮校長邀請，於該小學校園電視台錄唱馮校長為創校五十週年撰寫的南音新曲《抱古嘗新》。

＊二〇一八年七月應香港公共圖書館邀請，於東安健社區圖書館、長洲公共圖書館及東涌公共圖書館舉行三場講座，講題為《如何欣賞粵劇》。

＊二〇一八年八月七日香港新光粵曲藝術促進會於香港中央圖書館演講廳主講「談歌論曲說玄機（三）」。

＊二〇一八年九月十三日參與香港浸會大學「拉闊文化」。

＊二〇一八年九月二十二日應香港非遺辦事處邀請於荃灣三棟屋主講《認識粵劇的藝術》。

＊二〇一八年十一月十二日香港中文大學中國音樂研究中心與香港中文大學音樂系於香港中文大學何添樓聯合舉辦「氍毹逐夢——阮兆輝對粵劇發展的微願」公開講座，擔任主講嘉賓。

＊二〇一八年十二月擔任香港八和會館「粵劇新秀粵曲樂理班」導師。

＊二〇一八年十二月十五日在北京恭王府參與「口傳心授：香港特別行政區非物質文化遺產傳承與保護學術研討會」。

＊二〇一八年十二月十六日香港粵劇學者協會於香港中央圖書館演講廳舉行「香港神功粵劇的浮沉」講座，擔任演講嘉賓及演唱示範。

＊二〇一八年十二月三十一日至二〇一九年一月三日於西九文化區戲曲中心大劇院開放日演出的《三氣周瑜》、《胡不歸》、《香羅塚》、《洛神》，擔任藝術總監。

＊二〇一九年二月二十三日參與康樂及文化事務署主辦，在油麻地戲院舉行「古典粵劇《斬二王》的藝術剖析」示範講座。

＊二〇一九年三月七日教育局藝術教育組於教育局九龍塘教育中心舉辦「粵劇名作欣賞《琵琶記》講座」，擔任嘉賓。

＊二〇一九年三月三十日於商務印書館尖沙咀圖書中心舉行《陳錦棠演藝平生》新書講座，擔任嘉賓講者。

＊二〇一九年四月十二日應邀出席「優質學校在香港」聯校教師專業發展日在順德聯誼會李兆基中學舉辦的開幕典禮，擔任主題演講嘉賓，講題為「從粵劇傳承看藝術教育」。

＊二〇一九年五月應香港公共圖書館邀請，於九龍中央圖書館、調景嶺公共圖書館及香港大會堂公共圖書館舉行三場「品味樂齡講座系列」講座，講題包括《如何欣賞粵劇》、《細談粵劇經典》、《粵劇後台到前台》。

＊二〇一九年五月三日中國戲曲節「廣東四合院」講座，主講「瀕臨湮沒的廣東說唱藝術」。

＊二〇一九年五月二十九日中國戲曲節「廣東四合院」講座，與高潤權、高潤鴻聯合主講「大八音與古腔粵曲」。

＊二〇一九年七月十六日中國戲曲節「廣東四合院」講座，與余少華、高潤權、高潤鴻聯合主講「廣東音樂、說唱、大八音及古腔粵曲：何去何從？」。

＊二〇一九年八月十三日參與香港電台第五台聯同西九文化區戲曲中心假西九文化區戲曲中心茶館劇場舉行「粵港澳大灣區粵劇藝術發展論壇」。

＊二〇一九年九月一日西九文化區戲曲中心與香港中文大學中國音樂系合辦「紀念粵樂大師王粵生講座系列」，與余少華教授及陳子晉聯合主講「王粵生與香港音樂」。

＊二〇一九年九月十四日香港電影資料館主辦「銀光承傳——粵劇申遺十週年座談會」，擔任座談會嘉賓，講題為「香港電影裏的戲曲功架」。

＊二〇一九年九月三十日獲香港教育大學邀請，主講「粵劇特點、申遺經過和成果、工尺譜申遺的意義和進展」。

＊二〇一九年十二月三日獲邀參與香港電台第四台及第五台在廣播大廈一號錄音室舉行「當粵劇遇上粵樂」音樂示範講座，香港教育大學粵劇傳承研究中心總監梁寶華教授主持，與香港中文大學中國音樂研究中心執行總監陳子晉對談，探討二十世紀初香港粵劇和粵樂的發展，並闡述兩者的特色與異同。

＊二〇一九年十二月六日香港教育大學粵劇承傳研究中心、文化與創意藝術學系及西九文化區戲曲中心合辦「粵劇與傳統音樂傳承國論論壇二〇一九」，擔任圓桌討論嘉賓，討論題目為「專業演員的培養」。

＊二〇一九年十二月十四日康樂及文化事務署主辦「粵劇劇本創作分享」，擔任主持，並由新晉編劇江駿傑、周潔萍講解和分享。

＊二〇一九年十二月十九日康樂文化事務署粵劇教育資訊中心主辦「師承系列講座」，擔任嘉賓講者。

＊二〇二〇年一月十一日康樂及文化事務署主辦「粵劇劇本創作分享」，擔任主持，並由新晉編劇梁智仁、廖玉鳳講解和分享。

＊二〇二〇年六月二十三日應邀參與香港浸會大學「拉闊文化」線上講座「粵劇，點睇？」

八、高等學府教學

（一）香港大學音樂系粵曲課程

二〇〇一至二〇〇二年於香港大學音樂系擔任粵曲課程兼任導師，教授戲曲課程，為期一年，全期共二十課。

（二）香港大學教學講座及工作坊

＊二〇〇七年至二〇一三年多次應邀參與香港大學教育學院、中文教育研究中心、粵劇小豆苗——粵劇融合中國語文新高中課程及評估計劃主辦的講座及工作坊。

＊二〇〇七年三月二十七日，在仁濟醫院王華湘中學演講，講題：「阮兆輝談粵劇」，對象為中學生。

＊二〇〇七年四月二十八日，在香港真光中學演講，講題：「阮兆輝談粵劇」，對象為中學生。

＊二〇〇七年十二月十五日，講題：「粵劇的表演美學」，對象為中文科教師培訓。

＊二〇〇八年十一月八日，工作坊：「粵劇的表演藝術」，對象為中文科教師培訓。

＊二〇一〇年三月八日，香港大學粵劇教育研究及推廣計劃、香港大學通識教育課程：「粵劇藝術從戲棚到劇場」，對象為大學生。

＊二〇一〇年十一月十七日，佛教慧因法師紀念中學、以區為本——長洲區非物質文化遺產探究課程、非物質文化遺產專題講座：「戲棚粵劇文化」，對象為中學生。

＊二〇一二年二月二十四日，香港大學專業進修學院（HKU SPACE）、粵劇台前幕後（短期賞析課程）課堂：「粵劇藝術導論」，對象為成人。

＊二〇一三年一月二十七日，賽馬會鯉魚門創意館、戲棚文化課課堂：「賀歲與展藝」，對象成人。

(三) 二〇一〇年香港理工大學駐校藝術家計劃

＊二〇一〇年獲香港理工大學邀請擔任駐校藝術家，主持一系列粵劇藝術活動，除了示範講座及粵劇欣賞晚會外，還有一連四節的粵劇研習工作坊，好讓同學從不同角度去認識及欣賞香港首項非物質文化遺產。粵劇藝術入門示範講座介紹粵劇來源、戲班規矩，淺談粵劇藝術的基本元素，提升同學欣賞粵劇的能力。

＊「粵劇研習工作坊」詳細講解粵劇「四功」唱唸做打。

＊參與「歷史與戲曲」講座，與香港理工大學中國文化學系副教授何冠卿博士及中文及雙語學系副教授張群顯博士，以輕鬆對話形式，介紹戲曲劇作中鮮為人知的歷史趣事。

＊二〇一〇年三月二日於香港理工大學賽馬會綜藝館演出《白兔會》。

（四）二〇一一年香港教育大學駐校藝術家計劃

＊香港教育大學獲優質教育基金資助，於二〇〇九至二〇一二學年舉行為期三年的「中小學粵劇教學協作計劃」，參與工作小組。

＊主講下列講座：
二〇一〇年四月「粵劇之傳統與現代化及表演程式」講座
二〇一一年三月「粵劇舞台表演藝術」講座
二〇一一年十月「粵劇身段動作」講座及示範

＊二〇一一年九月起出任香港教育大學榮譽駐校藝術家

九、香港中文大學通識課程「中國戲曲欣賞」

＊二〇一八年九月至十一月應香港中文大學音樂系邀請，於香港中文大學利黃瑤璧樓

教授「中國戲曲欣賞」通識課程。

＊二〇二〇年一月至四月再應香港中文大學音樂系邀請，於香港中文大學鄭裕彤樓教授「中國戲曲欣賞」通識課程，後因疫情影響，部份課程改為網上授課。

＊香港中文大學課程資料

中國戲曲是文學體裁及表演藝術的結晶，本身是一種與音樂不可分割的綜合藝術與演藝形式。課程為從未接受音樂訓練但有興趣欣賞及評鑑中國戲曲藝術的同學而設，以粵劇為主題，由此探究中國戲曲的本質及其他地方戲曲元素。粵劇在廣州、澳門及香港通常稱為「大戲」，是全中國境內上演約四百種地方戲中的一種，也是香港獨有而最為重要的戲曲藝術之一。課程重點探討粵劇藝術，認識中國戲曲藝術舞台的表演理念及戲曲的審美觀念，如唱、做、唸、打；手、眼、身、法、步；及聲、色、藝等。總結六十餘年舞台及教學經驗，阮氏透過欣賞及評鑑粵劇藝術以及情景的關係，以提高學生對中華文化和美學的了解，以及個人的道德價值修養，從而傳承中國戲曲文化。

十、油麻地戲院場地伙伴計劃粵劇新秀演出系列

*二〇一二年香港八和會館獲得粵劇發展基金、康樂及文化事務署及盛世天戲劇團的支持，籌劃油麻地戲院場地伙伴計劃的粵劇演出。

*二〇一二至二〇一三年在油麻地戲院推出一百三十場「粵劇新秀演出系列」，及以海外觀眾為對象的七十二場「粵劇體驗場」。

*二〇一二年起擔任「粵劇新秀演出系列」藝術總監至今。

十一、一桌兩椅慈善基金

*二〇一八年五月成立一桌兩椅慈善基金有限公司，是一個為促進、保育、承傳及發展粵劇及戲曲藝術而成立的香港註冊非牟利慈善團體。「一桌兩椅」是中國傳統戲

曲舞台最基本、最寫意、最抽象的舞台佈置，是戲曲藝術的最根本的表演模式，也是戲曲藝術的本源。「一桌兩椅」作為慈善基金的名稱，代表了對戲曲藝術追本探源，宏揚傳統的初心。

* 二〇一八年八月聯同一桌兩椅慈善基金有限公司及何家耀先生為「工尺譜申請列入香港非物質文化遺產代表作名錄」提交建議書。

* 二〇一八年十月及二〇一九年三月應香港理工大學邀請，開辦 Art Pal「粵曲入門班」，負責課程策劃，聯同高潤鴻及謝曉瑩擔任導師。

* 二〇一九年六月及七月應康樂及文化事務署邀請，統籌策劃於香港大會堂劇院及西九戲曲中心茶館劇場演出的「二〇一九年中國戲曲節」節目「廣東四合院——大八音、說唱、廣東音樂及古腔粵曲」音樂會，並統籌於香港文化中心行政大樓舉行的四場講座。

十二、學術研究

（一）探索粵劇二黃腔之來源

二〇一三年至二〇一四年數度前往江西，拜訪當地資深戲曲研究家萬葉老師等人，探究粵劇「西皮」名稱的謬誤，二〇一四年舉行「探索粵劇二黃腔之來源」發佈會，匯報研究成果，更正粵劇裏的「西皮」的錯誤名稱，為「西皮」正名為「四平」。

（二）粵劇生行身段要訣：電腦化自動評估與學習系統發展計劃

二〇一五年與香港教育大學梁寶華教授、心理研究學系評估與評鑑講座教授及評估研究中心總監莫慕貞教授、以及台灣國立台中教育大學郭伯臣教授聯手策劃「粵劇生行身段要訣：電腦化自動評估與學習系統發展計劃」，首次把三維肢體感應技術應用到傳統粵劇身段教學中，透過科技為粵劇的傳承及教學帶來革命性及突破性的發展。

（三）粵劇戲服及文物研究

二〇一五年一月前往澳洲班迪哥（Bendigo）金龍博物館研究百多年前的粵劇戲服及文物。

十三、著作

（一）《辛苦種成花錦繡——品味唐滌生《帝女花》》

二〇〇九年與張敏慧聯合編寫《辛苦種成花錦繡——品味唐滌生《帝女花》》，此書從多角度研究唐滌生的經典作品《帝女花》，包括：阮兆輝、張敏慧對談此劇的特色，與清黃韻珊的原著作比較；各學者、文化評論人分析此劇的音樂、任劍輝的演繹、與西方歌劇比較等。二〇一〇年獲香港電台、香港公共圖書館及香港出版總會合辦的「第三屆香港書獎」頒發十二本中文好書之一。

（二）《阮兆輝棄學學戲　弟子不為為子弟》

二〇一六年七月親撰的《阮兆輝棄學學戲 弟子不為為子弟》由天地圖書有限公司出版發行，並於二〇一六年「第二十七屆香港貿發局香港書展」推出。七月二十四日於「二〇一六香港書展世界視窗講座系列講座」舉行「阮兆輝·粵劇·昨日·今日……」新書講座。同年榮獲「二〇一六年香港金閱獎（最佳文史哲書）」。二〇一七年七月再度榮獲「香港出版雙年獎」之「藝術及設計」出版獎。

（三）《生生不息薪火傳——粵劇生行基礎知識》

二〇一五年應香港教育大學梁寶華教授邀請，策劃及拍攝「粵劇生行身段要訣」及參與「粵劇生行身段要訣：電腦化自動評估與學習系統發展計劃」，應用三維肢體感應技術於傳統粵劇身段教學。錄像配合文字，輯錄成《生生不息薪火傳——粵劇生行基礎知識》，二〇一七年七月由天地圖書有限公司出版發行，並於二〇一七年「第二十八屆香港貿發局香港書展」推出。七月二十三日於「二〇一七年香港書展」舉行「香港教育大學藝術教育傳承篇：阮兆輝談藝術教育的明天」講座。同年九月榮獲「二〇一七年香港金閱獎（最佳生活百科）」。

十四、其他

（一）《粵劇合士上》教材製作

＊二〇〇四年九月教育局藝術教育組（即前教育處音樂組）出版《粵劇合士上》教材，擔任「粵劇課程發展實驗小組」委員（二〇〇〇年至二〇〇四年），參與其中「粵劇常用辭彙」的主編及審訂、「粵語及中州音韻示範」及《長坂坡》的製作。

＊二〇一七年教育局出版《粵劇合士上——梆黃篇》教材套，擔任教材套編輯委員會委員及唱段示範。

（二）《粵劇編劇基礎教程》

《粵劇編劇基礎教程》是香港首部粵劇編劇課程專書，與已故著名編劇家葉紹德及教育學者吳鳳平博士合著，集編、演及研究三方專才的心血結晶，以三章節六單元的基本架構講述「粵劇本體知識」、「經典劇本賞析」和「編劇技巧漫談」的論述。

（三）粵劇提場（舞台監督）實務培訓課程（二〇一三年）

二〇一三年八月至二〇一四年一月，由梁煒康擔任課程總監及導師之粵劇「提場（舞台監督）實務培訓課程」，被邀主持「粵劇傳統」講座。

（四）香港電影資料館「銀光承傳——粵劇申遺十週年」

＊二〇一九年為香港電影資料館「銀光承傳——粵劇申遺十週年」項目，觀看了數百部粵劇電影，精心挑選了一些粵劇電影內的經典唱腔、做手及功架，電影資料館加以剪輯，於映後座談會上播放，介紹香港電影裏的戲曲功架。

＊《孔子之周遊列國》的編劇者胡國賢校長知悉阮氏為「銀光傳承——粵劇申遺十週年電影放映」作藝術講解，向他致意，有感而贈：「申遺十載耀銀光，粵藝承傳責願當，份所應為真壯語，梨園吉兆復輝煌。」

阮氏和韻：「古稀鶴髮露銀光，志若移山責願當，份所應為心腹語，愚公遙望復輝煌。」

（五）全球首個粵曲考級試（演唱）

＊二〇一八年七月，擔任香港粵劇學者協會與西倫敦大學倫敦音樂學院共同推出的全球首個「粵曲考級試（演唱）」首席考官。

附錄（二）歲月留珍

▲ 與碧姐鄧碧雲聯同鄧英敏在新加坡登台，夏春秋適來探班。

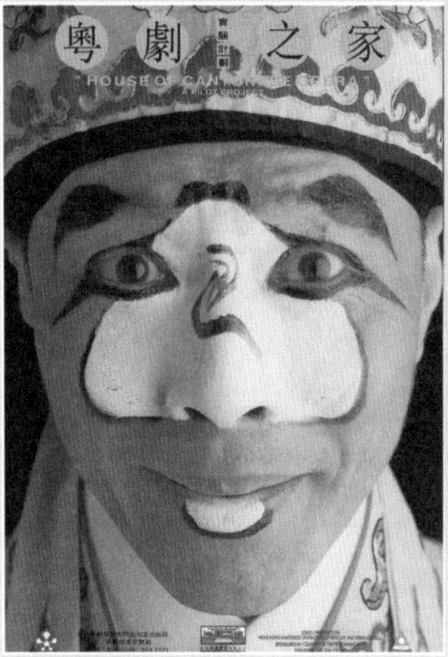

◀1993 年 「粵劇之家」實驗計劃

▲ 2018年香港中文大學中國音樂研究中心與香港中文大學音樂系聯合舉辦「氍毹逐夢——阮兆輝對粵劇發展的微願」講座

▲《戲裡戲外看戲班》為國際文化交流的先驅

▲ 中國戲曲節 2019「廣東四合院——大八音、説唱、廣東音樂及古腔粵曲」音樂會

▲ 中國戲曲節 2019「廣東四合院——大八音、説唱、廣東音樂及古腔粵曲」講座。

▲ 2018 年香港粵劇學者協會與西倫敦大學倫敦音樂學院共同推出全球首個粵曲考級試（演唱）

▲ 全球首個粵曲考級試（演唱），擔任首席考官。

▲「香港節 2019—— 藝匯上海」記者發佈會

▲ 2019 年山水間——渝港民樂交流音樂會新聞通氣會

▲ 2019-2020 西貢區藝術文化節藝術文化傳承樂西貢開幕禮暨《南音粵韻》音樂會

▲ 杜煥地水南音《大鬧廣昌隆》唱片發佈暨南音演唱會

▲ 香港書展 2018——香港八和會館策劃「文化瑰寶——粵劇」展覽

▲ 作為香港八和會館副主席，在「文化瑰寶——粵劇」展覽專區接待書展顧問團。

▲ 2016 年「粵劇新秀・八和粵劇學院交流演出」

▲ 2019 年「粵港澳大灣區粵劇藝術發展論壇」

▲ 2019 年「粵劇與傳統音樂傳承國際論壇」

▲ 2017 年東華學院講座

▲ 2018 年香港學校音樂節及朗誦節擔任評判

▲ 2019 年香港學校音樂節及朗誦節擔任評判

▲ 2019 年參觀西九文化區戲曲中心製作新編小劇場粵劇《霸王別姬》

▲ 香港八和會館粵劇新秀演出系列 2017-18 開鑼演出，擔任藝術總監。

▲ 粵劇新秀演出系列擔任藝術總監，在後台與嘉賓合照。

▲ 粵劇新秀演出系列擔任藝術總監，在後台與嘉賓合照。

▲ 粵劇新秀演出系列擔任藝術總監，在後台與新秀及兒子阮德鏘合照。

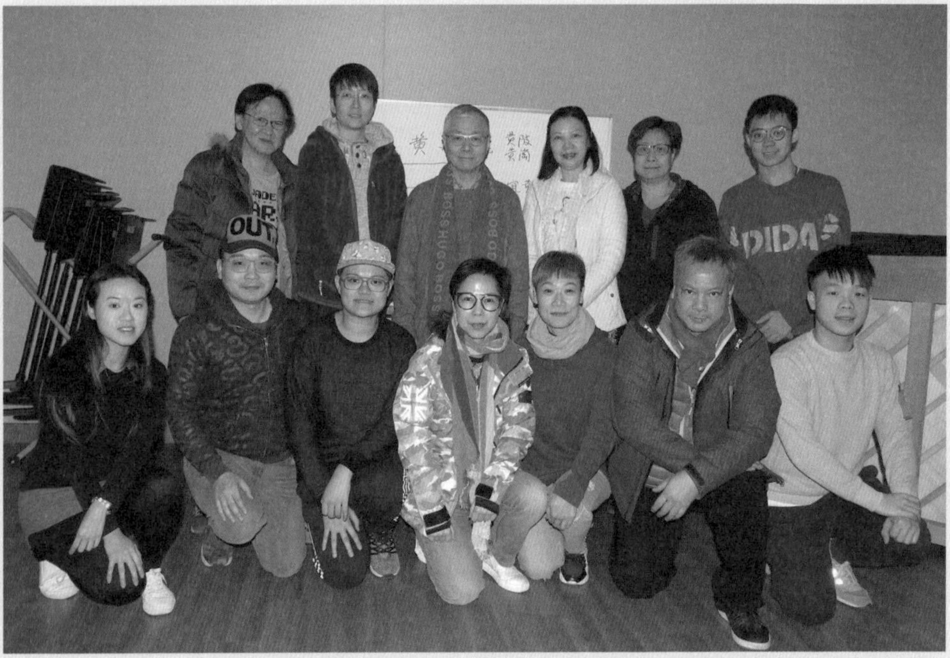

▲ 2018 年香港八和會館粵劇新秀粵曲樂理班，擔任導師。

▲ 粵劇新秀演出系列擔任藝術總監，在油麻地戲院響排。

▲ 粵劇新秀演出系列——古老排場折子戲《打洞結拜》及《金蓮戲叔》擔任藝術總監

▲ 粵劇新秀演出系列《呂蒙正 · 評雪辨蹤》擔任藝術總監

▲ 粵劇新秀演出系列《文姬歸漢》擔任藝術總監

▲ 粵劇新秀演出系列《甘露寺 · 三氣周瑜》擔任藝術總監

▲ 粵劇新秀演出系列《大鬧廣昌隆》擔任藝術總監

▲ 粵劇新秀演出系列《胡不歸》擔任藝術總監

▲ 粵劇新秀演出系列《大鬧廣昌隆》擔任藝術總監

▲ 粵劇新秀演出系列行當展演：折子戲精選《搶傘》、《擋馬》、《高平關取級》
擔任藝術總監。

▲ 粵劇新秀演出系列《三氣周瑜》擔任藝術總監

▲ 2016 年 7 月應廣西南寧市民族文化藝術研究院邀請，參與「南派粵劇表演人才培養」項目，前赴南寧教授《金蓮戲叔》。

▲ 2019 年西九戲曲中心大劇院開放日演出《洛神》，擔任藝術總監。

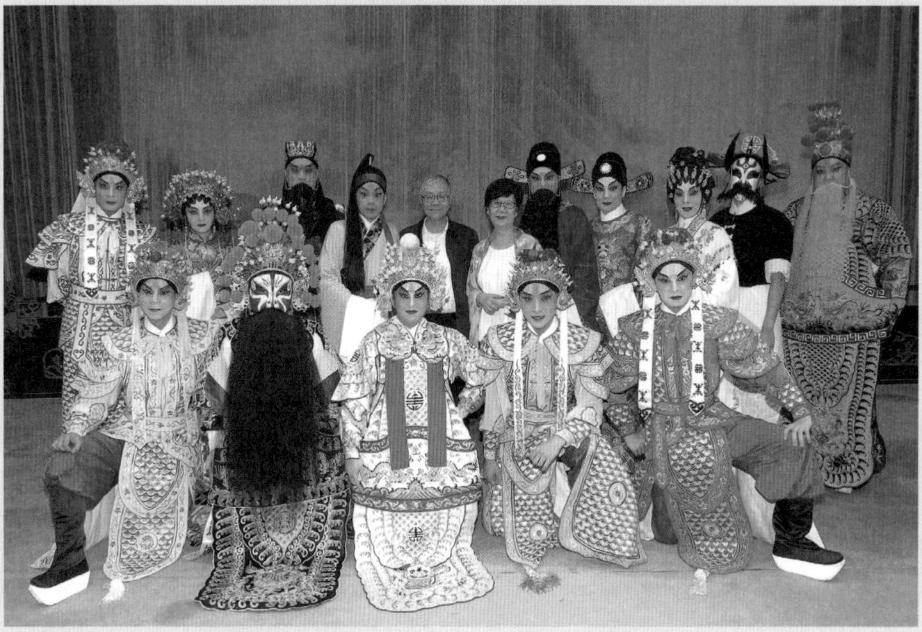

▲ 2019 年起擔任香港青苗粵劇團藝術總監

▲ 2015 年於香港演藝學院戲曲學院主持講座

▲ 2019 年香港粵劇金紫荊獎頒獎典禮，榮獲藝術成就獎。

▲ 暑期粵劇體驗營 —— 營前發佈會

▲ 暑期粵劇體驗營 —— 學員匯報演出

▲ 2013 年 8 月香港電影資料館舉辦「從神童到泰斗」阮兆輝從藝六十週年影展

▲ 2013 年 8 月香港電影資料館舉辦「從神童到泰斗」阮兆輝從藝六十週年影展

▲ 2013 年 8 月香港電影資料館舉辦「童星同戲」影展

▲ 2019 年 9 月參與香港電影資料館主辦「銀光承傳——粵劇申遺十週年」展覽時，在「功架門」簽名留念。

▲ 2019 年 9 月參與香港電影資料館「銀光承傳——粵劇申遺十週年」展覽

▲ 2019 年 9 月參與香港電影資料館「銀光承傳——粵劇申遺十週年」展覽

▲ 2019 年為「銀光承傳——粵劇申遺十週年」 項目，觀看了數百部粵劇電影，用以介紹香港電影裏的戲曲功架，和香港電影資料館的同事合照 。

後記

今天的我已經滿頭白髮，心力、眼力、體力也大不如前，怎能與年輕的時候相提並論，但只要我能力所及，有志戲曲藝術的後輩或研究者，仍肯聽我說三道四，我仍會義不容辭，繼續的説！

這是我的藝術初心，亦是恪守師父教導的不二法門！

鳴謝

此書能成，十分感謝茹國烈先生、伍達僩女士、天地圖書有限公司、香港中文大學音樂系中國音樂研究中心、香港教育大學、香港教育大學粵劇傳承研究中心、香港文化博物館、香港電影資料館、澳洲金龍博物館、梁寶華教授、阮紫瑩女士、蘇仲女士、李夢蘭女士。

www.cosmosbooks.com.hk

書　　名　此生無悔此生
作　　者　阮兆輝
責任編輯　郭坤輝
美術編輯　楊曉林
書名題字　伍達僴
圖片提供　蘇　仲　香港文化博物館　阮紫瑩
出　　版　天地圖書有限公司
香港黃竹坑道46號
新興工業大廈11樓（總寫字樓）
電話：2528 3671　傳真：2865 2609
香港灣仔莊士敦道30號地庫／1樓（門市部）
電話：2865 0708　傳真：2861 1541
印　　刷　亨泰印刷有限公司
柴灣利眾街27號德景工業大廈10字樓
電話：2896 3687　傳真：2558 1902
發　　行　香港聯合書刊物流有限公司
香港新界大埔汀麗路36號中華商務印刷大廈3字樓
電話：2150 2100　傳真：2407 3062
出版日期　2020年7月／初版・香港

ISBN ： 978-988-8548-99-6